I0591627

VERLIEBT IN EINE DIEBIN

DARCY BURKE

Übersetzt von
PETRA GORSCHBOTH

ZEALOUS QUILL PRESS

Verliebt in eine Diebin

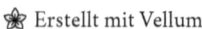 Erstellt mit Vellum

VERLIEBT IN EINE DIEBIN

**Um die Dinge richtigzustellen, muss sie das Falsche tun
...**

Der frühere Konstabler Daniel Carlyle hat nicht die blasseste Ahnung, wie man ein Viscount ist. Als seines Vaters zweiter Cousin und dessen Sohn am selben Tag sterben, ist niemand schockierter als er. Dankbar, einen Fürsprecher zu haben, nimmt er das Angebot eines berühmten Earls an, ihn in die Gesellschaft und das House of Lords einzuführen. Die Dinge scheinen sich zu fügen, als er eine bezaubernde junge Dame kennenlernt, die er gern zu seiner Viscountess machen würde. Bis er sie erwischt, wie sie seinen Mentor bestiehlt.

In dem Moment, als Jocelyn Renwick die entwendeten Erbstücke ihrer Familie im Besitz eines wohlhabenden Earls entdeckt, verlangt sie deren Rückgabe. Herablassend weist er sie zurück und beharrt darauf, dass sie sich bereits seit Generationen im Besitz seiner Familie befinden, woraufhin sie sich insgeheim schwört, die Stücke um jeden

Preis zurückzubekommen. Doch der gesetzestreue Lord Carlyle durchkreuzt ihre Pläne und widerstrebend verbündet sie sich mit ihm, um den Diebstahl ihres Besitzes aufzuklären. Als die beiden enthüllen, dass der Earl bis über beide Ohren in kriminelle Machenschaften verstrickt ist, droht dieser damit, Daniel mit seiner Diebesbande in Verbindung zu bringen. Jocelyn muss entscheiden, ob die Gerechtigkeit für ihre Familie es wert ist, eine Chance auf die Liebe aufs Spiel zu setzen.

KAPITEL 1

Mai 1818, London

Jocelyn Renwick hatte während ihrer sehr kurzen ersten Saison vor zwei Jahren jeden guten Ball geliebt – das Tanzen, die Dekorationen, die Kostüme die atemlose Aufregung beim Eintreffen der Gäste. Sie war voller Staunen und Vorfreude für eine Zukunft voller Möglichkeiten gewesen. Jetzt, als bezahlte Gesellschafterin, zierte sie die Wand, und die Bälle, die sie einst so genossen hatte, waren leider glanzlos geworden.

Es war nicht so, dass die Bälle an sich plötzlich glanzlos geworden wären. Es war ihre Situation. Ohne engere Verwandtschaft, an die sie sich nach dem Tode ihres Vaters hätte wenden können, war sie das Mündel eines Freundes der Familie geworden, der Papas Besitz und sein klägliches Vermögen geerbt hatte. Wenngleich ihr Vormund sich ihrer angenommen hatte, so hatte er nicht angeboten, eine weitere Saison zu finanzieren, und ihr treuhänderisch verwaltetes Vermögen warf nicht genügend zur Deckung der Ausgaben ab. Und weil es niemand heiratsfähigen – zumindest ihrer Meinung nach – in ihrem kleinen Dorf in Kent gab, waren ihre Möglichkeiten beschränkt.

Sie hatte die Gelegenheit ergriffen, als bezahlte Gesellschafterin für Gertrude Harwood, die Tante ihres Vormunds, zu arbeiten. Sie war eine charmante ältliche Witwe und Jocelyn war erfreut, ihr während ihrer, wie sie sagte vielleicht letzten Saison Gesellschaft zu leisten.

Leider hatte sich während Jocelyns Saison bislang noch kein Zusammentreffen mit heiratsfähigen Junggesellen ergeben oder irgendwelches Tanzen. Gertrudes Freundinnen waren die einzigen Menschen, mit denen sie verkehrte, und sogar jetzt scharten sie sich zu einer Gruppe zusammen.

Die Kante von Mrs. Montgroves monströsem Fächer – er hatte etwa die Größe einer Servierplatte mit Pfauenfedern, die in alle Winkel herausstanden – traf Jocelyn seitlich am Kopf und löste eine Locke aus ihrer Frisur.

»Oh!« Mrs. Montgrove drehte sich mit vor Entsetzen geweiteten Augen zu Jocelyn. »Ich bin so ungeschickt. Schauen Sie nur, was ich mit Ihrer Frisur angerichtet habe. Bitte, lassen Sie mich die Sache in Ordnung bringen.« Sie versuchte, die Locke wieder zu den übrigen zu schieben, die zu einer Hochsteckfrisur auf Jocelyns Kopf frisiert waren. Bei dem Kitzeln an ihrem Ohr wusste sie allerdings, dass diese Locke nicht dort blieb.

Mrs. Montgrove runzelte die Stirn.

»Schieb die Locke einfach hinter ihr Ohr«, meinte Gertrude mit einem Wedeln ihres Fächers, der mit kleinen rautenförmigen Spiegeln verziert war.

»Lassen Sie mich mal.« Mrs. Dutton zog ihren Handschuh aus und dann leckte sie ihren Finger. Als ihr Zeigefinger sich auf die widerspenstige Locke zubewegte, musste Jocelyn sich zwingen, nicht in Deckung zu gehen.

Stattdessen hielt sie die Hand hoch. »Ich denke, ich werde das Malheur im Ruheraum in Ordnung bringen, ehe noch meine restliche Frisur auseinanderfällt.«

Sie alle starrten sie an, und Mrs. Montgrove wirkte betroffen.

Jocelyn beeilte sich hinzuzufügen: »Es ist nicht Ihre Schuld. Mein Haar macht, was es will.« Sie sah alle mit ihrem heitersten Lächeln an, ehe sie sich auf dem Absatz herumdrehte und den Ballsaal durchquerte. Sie hatte nicht unterstellen wollen, dass Mrs. Montgrove ein Desaster aus ihrer Frisur gemacht hatte. Eines Tages würde sie vielleicht lernen, erst zu denken und dann zu sprechen, allerdings erwies sich diese Aufgabe als besonders schwierig, da weder Mama noch Papa hier waren, um sie mit liebevollen Vorwürfen zu leiten.

Ach, wie sie ihre Eltern vermisste. Tränen verschleierten ihr die Sicht, als sie durch die Menge schlenderte. Mama war schon seit langer Zeit tot, doch Papas Ableben, das erst zwei Jahre zurücklag, war immer noch frisch genug, um eine heftige Woge der Melancholie auszulösen, wenn auch nur für einen Moment.

Sie schüttelte die Emotion ab. Ihre Augen konzentrierten sich neu und sie versuchte, die Menschen verhalten anzulächeln, die sie vor zwei Jahren kennengelernt hatte. Einige stellten Augenkontakt her, während andere einfach den Blick abwendeten oder schlicht durch sie hindurchsahen. Es gab nichts Vergleichbares zu einer abgebrochenen Saison, auf die zwei Jahre Trauer gefolgt waren, und der Anpassung an ein Leben ohne Familie, um einem das Gefühl zu geben, unwichtig zu sein.

Ach Papa. Jocelyn schaffte es aus dem Ballsaal, ehe ihre Kehle völlig ausdörrte und sich zusammenzog. Vielleicht war sie zu früh nach London zurückgekehrt. Vielleicht hätte sie überhaupt nicht wiederkehren sollen.

Als sie im Ruheraum ankam, hatte sie ihr Gleichgewicht fast wiedergefunden und ihren Kummer in den entferntesten Winkel ihres Hinterkopfes verbannt. Sie setzte einen freundlichen Ausdruck auf, als sie die Tür öffnete und sofort zur Seite wich, da eine Frau heraustrat. Sie umrundete Jocelyn, ohne Augenkontakt herzustellen.

Unsichtbar. Niemand sah sie und das würden sie auch nie, denn sie harrte als bezahlte Gesellschafterin am Rande der feinen Gesellschaft. Trotzdem war es besser als gar nichts und ohne die Mittel, eine zweite Saison zu finanzieren, war es das Beste, worauf sie hoffen konnte. Sie war jung und vielleicht würde sie noch heiraten.

Jocelyn straffte ihr Rückgrat und wieder verbannte sie ihre rührseligen Gedanken, ehe sie die Tür schloss und den Ruheraum betrat. Eine attraktive Brünette richtete ihr Haar vor einem Spiegel. Sie drehte sich um, als sie Jocelyn näher kommen hörte und lächelte sie freundlich an. »Guten Abend.«

Jocelyn war einen Augenblick überrascht. Ihre Lippen wollten sich zur Antwort zu einem Lächeln formen, doch dann erstarrte sie, als ihr Blick auf das Collier fiel, welches die Frau um den Hals trug. Drei Perlenstränge waren von einem ovalen, elfenbeinfarbenen Anhänger gehalten, der eine handgemalte Szene zweier Liebender in einem Boot unter einem ausladenden Weidenbaum darstellte. Es war das Collier *ihrer Mutter* – das musste es sein – dasjenige, das Papa als Verlobungsgeschenk in Auftrag gegeben hatte. Jocelyn kniff die Augen zusammen und suchte nach dem Kratzer auf dem Glas über dem Elfenbein – ein Schaden, der durch ihre winzigen Finger verursacht worden war, als sie das Schmuckstück als Kleinkind von Mutters Frisierkommode gestoßen hatte.

Beim Anblick des winzigen Defekts fühlte Jocelyn sich unversehens zwei Jahre zurückversetzt, als ihr Papa und sie nach einem Musikabend heimgekehrt waren, um ihr Haus durchwühlt und die Dienstboten in der Spülküche gefesselt vorzufinden, während ihre kostbarsten Besitztümer gestohlen worden waren. Die Panik und Angst kehrte in einer Welle zu ihr zurück, wie auch der Schock über den Herzanfall, den ihr Vater als Folge davon erlitten hatte.

Doch das war damals. Jetzt war sie sicher und wohlauf, auch wenn Vater nicht mehr war.

Irgendwie fand Jocelyn zu einer ruhigen Sprechweise zurück, wenngleich ihr Herz raste. »Was für ein entzückendes Collier. Wo haben Sie nur solch eine Kostbarkeit gefunden?«

Die Frau hob die Finger an das Collier und Jocelyn musste den Drang unterdrücken, es ihr vom Hals zu reißen. »Mein lieber Ehemann hat es mir geschenkt. Es ist wirklich etwas Besonderes, nicht wahr?«

Ehe Jocelyn weitere neugierige Fragen stellen konnte, ging die Frau an ihr vorbei und verließ den Ruheraum. Jocelyn wirbelte herum und begab sich zur Tür. Sie ging nach innen auf, was sie veranlasste, zurückzuspringen, um der Holzkante auszuweichen.

Die beiden Frauen, die in eine kichernde Unterhaltung vertieft waren, zwangen Jocelyn, zur Seite zu treten, damit sie nicht angerempelt würde. Schon wieder war sie unsichtbar.

Sobald der Weg frei war, eilte sie in den Korridor, doch sie konnte die Frau nicht entdecken, die das gestohlene Collier ihrer Mutter trug. Ungeduldig, sie zu finden, eilte sie zum Ballsaal zurück. Sobald sie eingetreten war, blieb sie ruckartig stehen. Verdammt, es waren so viele Menschen. Und zu viele blaue Abendkleider. Jocelyns Ziel-

person trug ein himmelblaues Abendkleid mit elfenbeinfarbenen Volants am Saum.

Den Blick weiterhin suchend auf die Menge gerichtet,
bahnte sie sich ihren Weg in Richtung Gertrude und ihrer
Freundinnen. Mit ihrer Aufmerksamkeit so sehr auf ihre
Jagd konzentriert, übersah sie den Fuß, auf den sie trat, bis
es zu spät war, um es noch zu verhindern.

»Verzeihung«, ließ sich eine tiefe, männliche Stimme
hören.

Beinahe wäre Jocelyn gestolpert, doch eine feste Hand
legte sich um ihren Ellbogen und bewahrte sie davor, mit
dem Gesicht zuerst mitten im Ballsaal auf dem Fußboden
zu landen. Sie fand ihr Gleichgewicht wieder und drehte
sich zu dem Mann um, dem sie zu nahe getreten war.

Eine außergewöhnlich weiße Krawatte geriet in ihr
Blickfeld. Sie sah hoch und immer höher – er war ein
ganzes Stück größer als sie, was bei ihrer zierlichen Statur
nicht schwer war – und hielt inne, als sie seine dunklen,
blaugrauen Augen erreichte. Sie hatte erwartet, Verärge-
rung darin zu erkennen und war schon zum zweiten Mal
heute Abend überrascht, dass sie sich vor Belustigung
kräuselten.

»Sie sehen aus, als verfolgten Sie eine Mission. Darf ich
Ihnen zu Diensten sein?« Er bot ihr seinen Arm.

Jocelyn starrte auf seinen Ärmel, als sie versuchte, ihre
Gedanken von der Suche nach der Frau mit dem Collier
ihrer Mutter loszureißen und sie auf den ersten Gentleman zu richten, den sie seit zwei Jahren kennenlernte.

Er beugte sich ein bisschen herab und flüsterte: »Bitte
nehmen sie an, damit nicht noch jemand glaubt, ich würde
auf die Landung eines Vogels warten.«

Nicht an die Aufmerksamkeit eines Gentleman
gewöhnt, ganz zu schweigen von einem mit Sinn für
Humor, sah sie ihn mit hochgezogener Augenbraue an.

Dann legte sie ihre Hand rasch um seinen Unterarm. »Das würden wir nicht wollen«, murmelte sie.

»Nun, wohin darf ich Sie eskortieren?« Zusätzlich zu seiner beachtlichen Größe war er darüber hinaus auch noch attraktiv mit ausgeprägten Wangenknochen und einem breiten Kinn, das eine kleine Vertiefung in der Mitte aufwies. »Oder sollte ich das Glück haben, mir einen Tanz zu sichern?«

Einen Tanz? Es war der erste Tanz, der ihr seit zwei Jahren angeboten wurde, und sie antwortete: »Nein, danke. Ich muss jemanden finden.« Das Aufflackern der Enttäuschung in seinem Blick ließ sie eilig hinzufügen. »Ich wäre erfreut, mit Ihnen zu tanzen, nach meiner erfolgreichen Suche nach ...« Ihr Verstand geriet einen Augenblick ins Stocken, als sie versuchte, eine andere Beschreibung zu finden als »dieser Frau, die meiner Mutters Collier gestohlen hat.« Und so sagte sie stattdessen: »Meiner Freundin, Mrs. Harwood. Ich komme gerade vom Ruheraum zurück und möchte mich vergewissern, dass sie sich nach meiner Abwesenheit keine Sorgen macht.«

Er neigte seinen, von dichtem Haar bedeckten Kopf, das eine Spur kürzer war, als es der Mode entsprach. Es stand ihm gut. »Sagen Sie mir nur, wohin wir gehen müssen, damit wir Ihre Mrs. Harwood beschwichtigen können und dann werden wir unseren Tanz haben.«

Verflixt. Oder vielleicht auch nicht. Sie konnte die Gelegenheit zu tanzen gut gebrauchen, um die Frau mit dem blauen Kleid ausfindig zu machen, ohne allein im Raum umherwandern zu müssen. Und, ach, wieder zu tanzen! »Gleich hier drüben bei der Ecke«, antwortete sie.

Er führte sie durch die Menge. »Es ist mir bewusst, dass wir einander nicht richtig vorgestellt worden sind, aber ich werde Ihren Angriff auf meine Zehen als angemessenen

Grund nehmen, die Schicklichkeit zu umgehen, wenn Sie
nichts einzuwenden haben?«

Das Ganze brachte er mit solch einer Scharfsinnigkeit
hervor, dass sie trotz ihrer Unruhe über den Anblick des
Colliers ihrer Mutter lächeln musste. »Dagegen kann ich
unmöglich etwas einwenden. Danke für Ihre großzügige
Betrachtungsweise, Sir.«

»Lord Carlyle zu Ihren Diensten«, betonte er mit tiefer
Stimme und einem Kopfnicken, das eindeutig dazu
bestimmt war, eine Verbeugung zu ersetzen, die er
während ihrer Durchquerung des Ballsaals unmöglich
vollführen konnte.

Lord Carlyle … Jocelyn forschte in ihren Erinnerungen
an ihre erste Saison nach diesem Namen. Sie hatte überhaupt noch nicht von ihm gehört, was nicht überraschend
war. Ehe ihre Welt auf den Kopf gestellt worden war, hatte
sie gerade erst an einem halben Dutzend gesellschaftlicher
Ereignisse teilgenommen.

»Ich bin Miss Renwick«, antwortete sie und sank beim
Weitergehen ein bisschen in den Knien ein, als eine Art
behelfsmäßiger, jedoch unbeholfener Knicks. Vielleicht
hätte sie ebenfalls nur mit dem Kopf nicken sollen.

»Es ist mir ein Vergnügen, Ihre Bekanntschaft zu
machen.« Seine Stimme war tief und ein bisschen rau.
Damit war sein Tonfall nicht der Gleiche wie der anderer
Gentlemen, die sie in der feinen Gesellschaft kennengelernt hatte. Sie konnte es nicht genau benennen, aber Lord
Carlyle war irgendwie anders. Er sah sogar anders aus.
Nun, seine Krawatte war perfekt gebunden, doch es
funkelten keine Juwelen zwischen den Falten, kein Ring
zierte seine Hände und keine Taschenuhr gab Anlass zu
einer Unterhaltung. Ein Bild der Taschenuhr, die Mama als
Hochzeitsgabe Papa geschenkt hatte, blitzte in ihrer Erinnerung auf. Auch sie war gestohlen worden.

Sie besann sich auf ihre Mission, wie Lord Carlyle es genannt hatte, und sah sich nach der Frau mit dem blauen Kleid um. Wohin war sie gegangen?

Sie lösten sich aus der Menge, als sie die am wenigsten bevölkerte Ecke des riesigen Ballsaals erreichten. Eine Handvoll eingetopfter Bäume bildete einen künstlichen Wald, unter dem Gertrude und ihre Freundinnen sich versammelt hatten.

Gertrudes Kopf wippte auf und ab. Manchmal wurde ihr Körper von einem Zittern erfasst, was auf ihr hohes Alter zurückzuführen war. »Ach, da bist du, Liebes. Und du hast einen Freund mitgebracht.« Sie begutachtete ihn mit einem anerkennenden Blick und dann bot sie Lord Carlyle die Hand.

Jocelyn ließ Carlyles Arm los. »Lord Carlyle, dies ist Mrs. Harwood.«

Er führte eine untadelige, aber ein wenig steife Verbeugung aus, die aussah, als hätte er sie bis zur Perfektion geübt. Es war ganz eindeutig etwas anders an Lord Carlyle. »Guten Abend, Mrs. Harwood.«

Gertrude kicherte. »Guten Abend, Mylord. So charmant! Sie *müssen* mit Jocelyn tanzen!«

Er warf einen Blick in Jocelyns Richtung. »Das habe ich vor, gnädige Frau.«

Gertrude und tatsächlich auch all ihre Freundinnen sandten beglückwünschende Blicke in Jocelyns Richtung. Genau in dem Moment erhaschte sie einen kurzen Blick auf einen leuchtend blauen Rock zu ihrer Linken. Sie drehte den Kopf und sah die Frau mit dem Collier ihrer Mutter auf die Terrasse zustreben.

Dann wirbelte sie zu Carlyle herum und lächelte zu ihm auf. »Ich glaube, ich hätte zuerst gern etwas frische Luft, Mylord. Würde es Ihnen etwas ausmachen, mich für eine Weile auf die Terrasse zu führen?«

»Überhaupt nicht.« Er sah zu Gertrude und als sie zustimmend nickte, bot er ihr abermals seinen Arm.

Jocelyn schlenderte mit ihm auf die Terrasse und in ihrer Hast bewegte sie die Füße vielleicht ein bisschen zu schnell.

»In Eile?«, fragte er.

»Entschuldigung. Ich bin so klein, dass ich gewohnt bin, schnell zu gehen, um mithalten zu können.« Das stimmte, aber es bot auch eine überzeugende Entschuldigung.

Sie traten auf die Terrasse hinaus. Einige Paare genossen die laue Mailuft, einschließlich der Frau in Blau. In dem Moment drehte sich ihr Begleiter um und sein Blick fiel auf Carlyle. »Carlyle!«, rief er jovial. »Ich habe nach Ihnen Ausschau gehalten.«

Jocelyn warf ihrem Begleiter einen Seitenblick zu. Er kannte diese Leute?

Carlyle führte sie zu dem Paar und vollführte eine weitere vollendete Verbeugung. »Lady Aldridge, Sie sehen heute Abend bezaubernd aus.«

Sie lächelte ihn an und hob kokett die Schulter, worauf ihre dunklen Korkenzieherlocken gegen ihren Hals wippten. »Carlyle, Sie sind zu freundlich. Doch das ist einer der Gründe, warum Aldridge und ich so von Ihnen schwärmen.«

Lady Aldridge drückte dem Mann den Arm, als sie den Namen aussprach, was bedeutete, dass er ihr Ehemann sein musste. Aber er war mindestens zwei Jahrzehnte älter als Lady Aldridge, die nur ein paar Jahre älter als Jocelyn sein konnte. Tatsächlich wirkte der Mann auf den ersten Blick wie Lady Aldridges Vater.

»Lord und Lady Aldridge, gestatten Sie mir, Ihnen Miss Renwick vorzustellen. Miss Renwick, dies sind Lord und Lady Aldridge.«

Er *war* mit ihnen bekannt. Ihr Eindruck von Lord Carlyle sank. Wenngleich sie die Umstände nicht kannte, die hinter Lady Aldridges Besitz des Colliers ihrer Mutter steckten, konnte Jocelyn nichts gegen die Entrüstung tun, die sie jedes Mal überkam, wenn ihr Blick auf den elfenbeinfarbenen Anhänger fiel. Sie zwang sich, sich zu entspannen und vernünftig zu sein. Es war nicht Lord Carlyles Fehler, dass er mit Leuten bekannt war, die sich auf unerklärliche Weise im Besitz von gestohlenen Wertgegenständen befanden.

Als Lady Aldridge lächelte, entblößte sie ebenmäßige, weiße Zähne und ein Grübchen in ihrer rechten Wange. Sie war überaus bezaubernd. »Miss Renwick, wie entzückend, Ihre Bekanntschaft zu machen. Carlyle, ich glaube, Sie haben mir heute Abend einen Tanz versprochen und ich höre, wie gerade ein neues Stück anfängt.«

Carlyle warf Jocelyn einen Blick zu und er war eindeutig auf der Suche nach einer Möglichkeit, stattdessen ihren Tanz vorzuschieben, doch Jocelyn war eine Gelegenheit, Lord Aldridge wegen des Colliers zu befragen, mehr als recht.

Sie antwortete ihm mit einem beruhigenden Blick. »Nur zu. Wir werden als Nächstes tanzen.«

Lady Aldridge zog die Augenbrauen zusammen, als sie den Blick auf Jocelyn richtete. »Macht es Ihnen wirklich nichts aus? Ich habe den ganzen Abend noch nicht getanzt. Aldridges Knie plagen ihn, wissen Sie.«

Jocelyn hatte seit zwei Jahren nicht getanzt, aber sie verkniff sich eine undamenhafte Entgegnung und gab stattdessen ihrer Zustimmung mit einem Nicken Ausdruck. »Es ist schon in Ordnung.« Sie zog die Hand von Lord Carlyle zurück, der sich daraufhin erneut vollendet vor ihr verneigte und dann führte er Lady Aldridge in den Ballsaal.

Mit dem Zorn der Rechtschaffenen gewappnet, drehte Jocelyn sich zu Lord Aldridge. Er war hellhäutig mit schütter werdendem grauen Haar und von breitschultriger, hochgewachsener Statur. Doch andererseits erschienen ihr alle groß.

Sie verlor keine Zeit und begann mit ihrem Verhör. »Ich habe Lady Aldridge vor einigen Minuten getroffen und ihr Collier bewundert. Es ist so einzigartig. Sie sagte, es sei ein Geschenk von Ihnen gewesen. Würde es Ihnen etwas ausmachen, mir zu sagen, wie es in Ihren Besitz gelangt ist?«

Er sah nach links in Richtung des Ballsaals, ehe er sie mit einem arroganten Blick anstarrte. »Es ist seit Generationen im Familienbesitz.«

Von allen unverschämten Lügnern! Ihr Herz hämmerte in einem wilden Rhythmus. »Tatsächlich? Es sieht genau wie ein Collier aus, das meiner Familie vor zwei Jahren gestohlen wurde. *Genau.* Bis zu dem Kratzer im Glas. Sind Sie sich seines Ursprungs absolut sicher?«

Aldridge sah erneut zum Ballsaal zurück und dann blickte er noch einmal über seine Schulter, als ob er sich versichern wollte, dass niemand sie belauschte. Dann trat er näher und sprach mit leiser Stimme, doch seine Augen glitzerten gefährlich. »Sie irren sich meine Liebe. Es ist ein Familienerbstück. Ich bedaure Ihren Verlust und ich bin sicher, dass Ihr Collier diesem hier recht ähnlich ist. Lady Aldridges Collier ist allerdings nicht dasselbe.« Sein Ton war so herablassend, so *überlegen*, dass Jocelyn ihn nur anstarren konnte.

Er machte Anstalten, an ihr vorbei zu gehen, doch sie tat das Undenkbare und fasste ihn am Ellbogen. Mit einem überraschten Blick drehte er sich zu ihr um. »Ich bitte Sie, Miss Renwick.«

Leicht schockiert von ihrer eigenen Unverfrorenheit

ließ von seinem Ärmel ab, aber sie war verzweifelt. Es war einfach unmöglich, dass dieses Collier in *seinem* Familienbesitz gewesen war, wenn sie es auf ihrem allerersten Ball getragen hatte! »Verzeihung. Sie müssen allerdings verstehen, wie wichtig dies für mich ist. Gibt es eine Möglichkeit, dass Sie das Collier erworben haben? Vielleicht haben Sie es mit einem anderen Schmuckstück verwechselt?«

Aldridges Gesicht rötete sich und ein Schweißfilm bildete sich auf seiner Stirn. »Ich sagte bereits, dass Sie sich irren, junge Dame. Unterlassen Sie ihre unverschämten Fragen.«

Seine Reaktion sagte ihr mehr als seine Worte. Ihre Nachforschung gefiel ihm ganz und gar nicht und er fühlte sich unwohl dabei. Warum? »Mylord, ich glaube nicht, dass meine Fragen unverschämt sind. Vor zwei Jahren sind mehrere wertvolle Erbstücke aus dem Besitz meiner Familie entwendet worden. Ich habe mich nur gefragt, ob Sie vielleicht Diebesgut erworben haben – unwissentlich natürlich.« Letzteres fügte sie hinzu, als die Haut um seinen Mund blass wurde.

»Ich versichere Ihnen Miss Renwick, dass ich kein Diebesgut erworben habe – unwissentlich oder anders. Haben Sie eine Ahnung, wer ich bin?« Er rückte dichter zu ihr, was nur zur Folge hatte, dass er wie eine alte Eiche über ihr aufragte.

Sie drückte ihre Hände zu winzigen Fäusten zusammen. Angesichts ihrer Statur glaubte er eindeutig sie sei leicht einzuschüchtern, doch gerade wegen ihrer Zierlichkeit weigerte sie sich, sich drangsalieren zu lassen. »Ich fürchte, ich habe Sie gerade erst kennengelernt, Mylord, also müssen Sie mir meine Unwissenheit nachsehen. Ich habe in Ihnen den Gentleman gesehen, der im Besitz des Colliers meiner verstorbenen Mutter ist.«

Das genügte. Seine Nasenflügel flatterten und er zog

die Lippen kraus. Wellenartig strömte die Wut von ihm aus. »Mit mir ist nicht zu spaßen, Mädchen. Ich nehme Ihre Anspielungen nicht gutmütig hin und rate Ihnen, von einer weiteren Verfolgung dieses Themas Abstand zu nehmen.«

Und dann marschierte er ohne einen Blick zurück wieder in den Ballsaal, wobei er sich im Gehen die Stirn mit einem Taschentuch trocknete.

Nun, das war äußerst schlecht gelaufen. Jocelyn sah der sich entfernenden Gestalt mit gerunzelter Stirn nach. Sie war sicher, dass Lady Aldridge das Collier ihrer Mutter trug, wie Lord Aldridge sicher war, dass sie sich irrte. War es möglich, dass er ein gestohlenes Schmuckstück erworben hatte und sich jetzt schämte, es zuzugeben? Vielleicht, aber er schien nicht verlegen gewesen zu sein. Er hatte auf sie wütend und schuldig gewirkt, als ob sie ihn in flagranti erwischt hätte.

Jocelyn kühlte ihre erhitztes Temperament in der frischen Nachtbrise. Schließlich kehrte sie in die Ecke des Ballsaals zurück, die noch immer von Gertrude und ihren Freundinnen besetzt war.

»Da bist du ja«, meinte Gertrude und suchte die Umgebung um Jocelyn mit ihrem Blick ab. »Aber wo ist Lord Carlyle?«

Jocelyn nickte zur Tanzfläche. »Er tanzt.«

Enttäuscht ließ Gertrude die Mundwinkel sinken. »Ich dachte, er wollte mit dir tanzen.« Ihr Blick schweifte über Jocelyns Schulter und ihre Lippen hoben sich. »Das Stück ist gerade zu Ende. Er kommt hierher! Steh gerade, meine Liebe. Lächle!« Gertrude setzte einen etwas gelasseneren Ausdruck auf, doch ihre Augen blitzten vor Aufregung.

Jocelyn blickte auf die Tanzfläche, und tatsächlich schritt Lord Carlyle auf sie zu. Gleichwohl sie liebend gerne tanzen würde, war sie sich nicht sicher, ob sie mit jemandem tanzen wollte, der mit dem perfiden Lord Aldridge so gut befreundet war.

Carlyle kam bei ihnen an und verbeugte sich vor Gertrude und ihren Freundinnen, die sich im Hintergrund hielten. Dann richtete er die volle Intensität seines Blickes auf sie. Und ja, Intensität war das richtige Wort, denn Lord Carlyle konnte mit seinem Blick wahrscheinlich ein Loch in einen Menschen hineinsehen. Vielleicht konnte er sogar Aldridges Lügen durchschauen. »Sind Sie noch für unseren Tanz bereit?«, fragte er.

Ein kleines Flattern erfasste ihren Magen, als sie darüber nachdachte, was Carlyle wohl noch alles sehen könnte. »Ja.« Die Zusage war ihr über die Lippen gekommen, ehe ihr Verstand sich entschieden hatte. Als sie auf die Tanzfläche zugingen, erklangen die ersten Takte eines Walzers, und Jocelyn war froh, dass sie zugestimmt hatte.

Er fasste sie um die Taille und umschloss mit festem Griff ihre Hand, als er sie zu der Musik herumschwang. Seine Berührung war leicht und sanft. Tröstlich.

Tröstlich?

Sie beabsichtigte nicht, diesen Gentleman als etwas anderes als einen potenziellen Gegner zu betrachten. Nicht angesichts seiner Bekanntschaften. Am besten wäre es, der Sache auf den Grund zu gehen. »Lord Carlyle, woher kennen Sie Lord und Lady Aldridge?«

Wieder richtete er seinen machtvollen Blick auf sie. Lieber Himmel, sie könnte ihm ungebührlich lange in die Augen sehen. Sie konzentrierte sich wieder auf seine Schulter.

»Vielleicht wissen Sie, dass ich relativ neu in der Gesellschaft bin?«, fragte er. »Ich habe die Vizegrafschaft erst in den letzten Jahren geerbt. Davor wurde ich, ähm, nicht als Sohn eines Viscounts erzogen. Lord Aldridge war so freundlich, mir zu helfen, mich in meiner neuen Rolle einzufinden. Ich wüsste wirklich nicht, wo ich heute ohne seine Hilfe und Großzügigkeit wäre.«

O Grundgütiger. Das war schon etwas mehr als nur eine Bekanntschaft. »Er ist also ein enger Freund?«

»Tatsächlich ist er wohl eher ein Verwandter. Ich hatte einen liebevollen Vater, Gott hab ihn selig, aber ich nehme an, Lord Aldridge hat sich seit einiger Zeit in dieser Eigenschaft verhalten. Ja, in seiner Fürsorge und seinem Bemühen ist er wohl recht väterlich, wage ich zu behaupten.«

Und damit wurde ihr *möglicher* Widersacher zu ihrem Widersacher. Wie bedauerlich, denn sie hätte sich wirklich in seinen Augen verlieren können.

KAPITEL 2

Daniel Carlyle tat sich schwer damit, an der Brautwerbung der Londoner Gesellschaft Gefallen zu finden. Jetzt, da er einen Titel trug, zog er einfältige junge Frauen an, die seiner wegen seines Namens und seines neu erworbenen Vermögens habhaft werden wollten. Bislang war er noch keiner begegnet, mit der er sich unterhalten konnte, ohne zu erschaudern, oder der er tatsächlich den Hof machen wollte. Bis Miss Renwick ihm auf den Fuß getreten war.

Anstatt entsetzt aufzuschreien und sich über ihre Ungeschicklichkeit zu beklagen, hatte sie ihn neugierig angeschaut, als würde sie sich fragen, woher er plötzlich kam. Sie hatte sich nicht einmal entschuldigt. Und dafür erwog er, auf die Knie zu sinken und ihr sofort einen Heiratsantrag zu machen.

Ihr herzförmiges Gesicht war gerade von ihm abgewandt, doch er hatte sich bereits die zarte Erhebung ihrer Wangenknochen, den kecken Schwung ihrer Nase, die üppige Form ihrer Lippen und die widerspenstige Locke hellbraunen Haares eingeprägt, welche ihre perfekte Ohrmuschel streifte. Doch insbesondere wünschte er sich, dass sie ihn wieder mit ihren intelligenten haselnussbraunen Augen ansah, mit dieser Neugierde, die ihn dazu brachte, jede Frage beantworten zu wollen, die ihr über ihre Lippen kam. Wenn er das könnte. Und wenn er es nicht konnte, würde er die Antwort finden und sie ihr auf einem Silbertablett servieren.

Um Himmels willen, er war nicht im Geringsten romantisch, also was zum Teufel war los mit ihm? Er rüttelte sich innerlich auf und verpasste prompt den Tanzschritt, wobei er beinahe *ihren* Fuß in den Tanzboden stampfte.

»Verzeihung«, bat er und ärgerte sich nicht zum ersten Mal über seinen Mangel an Schliff. Über zwei Jahre lang hatte er sich geschult, sich wie ein Viscount zu geben, doch war er noch immer nicht annähernd gut genug.

Sie blickte zu ihm auf, und in diesem Moment entschied er, ihr so oft wie nötig auf die Füße zu treten, damit ihr atemberaubender Blick auf ihn gerichtet blieb und nicht auf seine Schulter oder irgendeinen Gegenstand hinter ihm. »Es ist schon in Ordnung«, murmelte sie. Und dann lenkte sie den Blick wieder in die Ferne.

Sie war ein zierliches Ding; ihr Scheitel reichte kaum bis zur Mitte seines Oberkörpers und ihre Taille war unbeschreiblich schmal. Er hatte das Gefühl, den halben Umfang mit seiner Hand umspannen zu können, aber natürlich konnte er das nicht überprüfen, ohne die Grenzen des Anstands zu überschreiten.

Er forschte in seinem Gedächtnis nach einem angemessenen Kompliment. »Miss Renwick, darf ich Ihnen sagen, dass Sie schöner sind als die Blumen, die diesen Ballsaal schmücken?« Er strengte sich an, nicht sichtbar zu erschaudern, weil dies so lächerlich klang.

Wieder hob sie den Blick und Daniel konnte nicht anders, als trotz seiner einfallslosen Schmeichelei zu lächeln. Dutzende heiratsfähige Frauen hatte er inzwischen kennengelernt, doch keine einzige war darunter gewesen, die ihn so ansah wie sie. Als wäre er durch und durch ein Mann mit vielen Facetten, die es noch zu entdecken gab. Als wäre er mehr als nur Lord Carlyle. Als wäre er einfach wieder Konstabler Daniel Carlyle.

Sie blinzelte und klimperte mit ihren tintenschwarzen Wimpern. »Und welche Blumen sind das, Mylord? In diesem Ballsaal gibt es ziemlich viele Sorten.«

Erwischt. »Sie bringen mich in Verlegenheit Miss Renwick, denn ich kann nicht eine einzige beim Namen nennen.« Er war in London geboren und aufgewachsen und hatte sich nie die Zeit genommen, sich den Unterschied zwischen Gänseblümchen und Lilien einzuprägen.

»Nicht eine?«, fragte sie mit großen Augen. »Sie werden doch eine Rose erkennen, wenn Sie eine sehen?«

»Das würde ich, aber ich glaube nicht, dass eine einzige in diesem Ballsaal zu finden ist, sodass mir das nicht viel hilft. Allerdings *kann* ich eine Schönheit erkennen, die weit größer als die einer Rose ist. Das ist gewiss eine überragende Eigenschaft«, konterte er, in der Hoffnung, damit einen poetischen Satz zustande gebracht zu haben.

Sie lachte. Vielleicht war er mit seiner Poesie zu übereilt gewesen.

»Sie *sind* neu in dieser Sache«, sagte sie und ihre Augen kräuselten sich vor Belustigung.

»Furchtbar neu.« Trotz seines Mangels an Schliff genoss er ihren Austausch und hoffte, dass es ihr ebenso erging. »Sie werden mir das nicht vorhalten?«

Sie legte den Kopf schief. »Das kommt darauf an. Warum kennen Sie sich nicht mit Blumen aus? Sie haben doch einen Landsitz, nicht wahr?«

»Ja, im Nordwesten von Essex.« Es handelte sich um ein achtzig Hektar großes Anwesen, das er zusammen mit dem Titel geerbt hatte. Die letzten zwei Jahre hatte er allerdings mit der Erlernung des Umgangs mit den Pächtern und der Verfolgung der verschiedenen Geschäftsinteressen des früheren Viscounts verbracht. Die Bestimmung verschiedener Blumensorten war dabei nie zur Sprache gekommen. »Allerdings beschäftige ich einen Gärtner.« Genauer gesagt hatte der frühere Viscount einen Gärtner angestellt, und bislang hatte Daniel keine Veranlassung gesehen, einen der Angestellten zu ersetzen. Um ehrlich zu sein, wäre er ohne sie ziemlich verloren. «Ich muss zugeben, dass ich mich hier in London wohler fühle.«

»Eine Neigung, die wir gemeinsam haben, Mylord. Ich war nur ein paar Mal in London, aber ich bin immer traurig, wenn ich nach Kent zurückkehre.«

Er hoffte, etwas mehr über ihre Situation zu erfahren. Sie war nicht verheiratet und war als Gesellschafterin tätig, doch sie war noch nicht alt genug, um als Mauerblümchen zu gelten – vermutete er aufgrund seines beschränkten Erfahrungsschatzes bezüglich der feinen Gesellschaft. Er nahm an, dass sie keine Familie hatte, doch er wollte nicht zu neugierig sein, falls sie nichts von sich preisgeben wollte. Vielleicht sollte er zuerst etwas von sich verraten. »Mein Vater hätte die Blumennamen gelernt. Er hätte eine viel bessere Figur als Viscount abgegeben.«

Ein schmerzlicher Ausdruck flackerte in ihren Augen auf. «Wie lange ist es her, dass Sie Ihren Vater verloren haben?«

»Etwas mehr als drei Jahre jetzt.« Edward Carlyle war ein ausgezeichneter Anwalt gewesen und zum Richter in der Marlborough Street bestellt worden. Er stand kurz vor einer Ernennung im Innenministerium, als er plötzlich erkrankte und starb. Ja, er hätte die Rolle des Viscounts mühelos erfüllt.

Sie nickte mitfühlend. »Ich habe meinen Vater vor zwei Jahren verloren.«

Sie verfielen in Schweigen, während sie sich auf der Tanzfläche drehten. Daniel wollte die Falten auf ihrer Stirn glätten und ihren Lippen ein Lächeln entlocken. Vielleicht mit seinem Mund...

»Warum sind Sie kein guter Viscount?« Ihre Frage bewahrte ihn davor, seinen lasziven Gedanken weiter nachzuhängen, was ein völlig unangebrachtes Unterfangen inmitten eines Ballsaals war, und ein weiterer Beweis dafür, dass er eine klägliche Bereicherung des Adelsstandes war. »Was haben Sie vorher gemacht?«

»Ich war Konstabler am Queen Square.«

Sie merkte auf. »Im Büro des Magistrats?«

Er nickte. »Ich bin mit dem Gesetz großgeworden. Mein Vater war Anwalt, doch anstatt in seine Fußstapfen zu treten, habe ich direkt für den Magistrat gearbeitet.«

Ihre Augen weiteten sich, und die Neugierde, die darin brannte, nahm zu, bis sie vor Aufregung geradezu funkelten. »Sie haben Verbrecher gefangen?«

»Ja.« Und er war gut darin gewesen. Gleichwohl er die Möglichkeit schätzte, vom Oberhaus aus die Polizei- und Gefängnisreform voranzutreiben, vermisste er die Jagd auf Diebe oder die Entlarvung von Betrügern.

»Wie ein Bow Street Ermittler?« Sie konnte ihren Blick jetzt nicht mehr von ihm abwenden.

Er drückte seinen Rücken durch und schien noch einige Zentimeter größer. »Recht ähnlich, ja.« Er konnte sich den Grund für ihr unverhohlenes Interesse nicht erklären. Romantisierte sie diese Tätigkeit? Manche

Frauen taten das, und sie waren keine Frauen, die Daniel kennen wollte.

Sie schenkte ihm ihre volle Aufmerksamkeit, und er konnte nichts Sehnsüchtiges in ihrem Blick entdecken. Im Gegenteil, sie wirkte sehr zielstrebig und gefasst. »Vielleicht können Sie mir bei einem rechtlichen Problem helfen. Einige Schmuckstücke meiner Familie sind vor zwei Jahren gestohlen worden. Bow Street hat weder die Diebe noch die Schmuckstücke gefunden. Ich habe jedoch vor kurzem eines dieser Schmuckstücke gesehen und würde gerne die Person befragen lassen, die im Besitz dieses Objekts ist.«

Daniel versuchte, sich auf die Schritte des Walzers zu konzentrieren, während sein Blut vor Aufregung in Wallung geriet. Wie sehr er es liebte, einen guten Fall zu lösen. Doch leider war das nicht mehr sein Tätigkeitsgebiet. »Sie sollten noch einmal zur Bow Street gehen und darum bitten, dass jemand mit dieser Person spricht. Oder Sie könnten mit einem Anwalt sprechen, der Sie in dieser Angelegenheit vertreten könnte. Ich würde Ihnen meinen guten Freund Mr. Jeremy Bates empfehlen.«

Ihre Augen leuchteten auf – sie waren so herrlich ausdrucksstark. »Ich danke Ihnen. Ich werde umgehend einen Termin mit Mr. Bates vereinbaren.« Sie hielt inne und ihre Augen verfinsterten sich leicht. »Verzeihen Sie mir, aber ich bin etwas misstrauisch, an Bow Street heranzutreten. Ich glaube nicht, dass sie viel Zeit auf unseren Fall verwendet haben, aber dann mussten wir London so schnell verlassen, als mein Vater nach dem Raub krank wurde.«

Er konnte sich des Eindrucks nicht erwehren, dass die Diebe gefasst worden wären, wenn der Queen Square den Fall übernommen hätte. »Ich bitte um Entschuldigung,

Miss Renwick. Das muss eine sehr schwierige Zeit gewesen sein. Wenn ich Ihnen bei der Wiederbeschaffung Ihres gestohlenen Eigentums behilflich sein kann, bitte ich Sie, mit mir in Kontakt zu treten.«

»Ich danke Ihnen, Mylord. Das werde ich vielleicht tun.«

Das hoffte er.

~

Vier Tage später saß Jocelyn im Büro des Anwalts, Mr. Jeremy Bates. Mit seinem freundlichen Gesicht und einer korpulenten Statur hatte er sie herzlich begrüßt und sie eingeladen, vor seinem massiven Eichenschreibtisch Platz zu nehmen. Er sah wie jemand aus, der einen beschützen konnte, und genau das wollte Jocelyn.

Hinter seinem Schreibtisch sitzend, hatte er die Hände auf einem Stapel Papiere gefaltet, neben dem eine Schreibfeder und ein Tintenfass lagen. Bereit, aufmerksam zuzuhören, lehnte er sich auf seinem Stuhl vor. »Wie kann ich Ihnen heute helfen, Miss Renwick?«

Jocelyn war froh, so schnell einen Termin bekommen zu haben, nachdem Lord Carlyle Mr. Bates empfohlen hatte. Eifrig, ihm von ihrem Problem zu erzählen, setzte sie sich ebenfalls nach vorne, wobei sie ihr Retikül auf ihrem Schoß mit beiden Händen umklammerte. »Vor zwei Jahren wurden mehrere Schmuckstücke unseres Familienerbes aus unserem Stadthaus entwendet. Bow Street war nicht in der Lage gewesen, die Objekte wiederzubeschaffen, oder herauszufinden, wer sie entwendet hatte. Sie schrieben den Diebstahl einer Bande zu, die es auf die Stadthäuser in Mayfair abgesehen hatte.«

Mr. Bates nickte. »Ich bin über solche Banden im Bilde. Fahren Sie fort.«

»Vor mehreren Tagen habe ich eines dieser Schmuck-stücke gesehen – ein Collier, das meiner Mutter gehörte – und zwar an Lady Aldridge. Und als ich Lord Aldridge fragte, woher er es hatte, wurde er recht rüde und beharrte –«

»Verzeihung«, unterbrach Mr. Bates sie. »Sie haben Lord Aldridge darüber befragt?« Seine Tonfall drückte Ungläubigkeit aus.

Jocelyn blinzelte ihn an und war vorrübergehend von seiner Reaktion aus dem Konzept gebracht. »Ja. Wie ich sagte, hat er darauf bestanden, dass das Collier aus seinem Familienbesitz stammte, was vollkommen absurd ist.«

»Moment.« Mr. Bates hielt eine Hand hoch und dann legte er sie mit der Handfläche auf die Schreibtischoberflä-che. »Ist es nicht möglich, dass Sie sich bezüglich des Colliers irren?«

Jocelyn hatte diese Reaktion erwartet und sie beherrschte ihre Züge, um gelassener zu erscheinen, als sie sich fühlte. Je mehr sie über das Collier nachdachte, und sie hatte in den letzten paar Tagen reichlich Gelegenheit dazu gehabt, umso wütender wurde sie. »Ich irre mich überhaupt nicht. Es ist ein Einzelstück, das von meinem Vater eigens für meine Mutter in Auftrag gegeben worden war.«

Mr. Bates runzelte die Stirn. Sein Zeigefinger begann ein rhythmisches Klopfen auf dem Schreibtisch. »Er behauptet, es sei im Besitz seiner Familie gewesen?«

»Das ist korrekt. Allerdings ist er derjenige, der sich irrt. Ich habe angedeutet, dass er vielleicht konfus sei, und das Collier möglicherweise erworben hatte, ohne zu wissen, dass es gestohlen war.«

Mr. Bates riss die Augen auf. »Das haben Sie nicht getan!«

»Das habe ich gewiss getan.« Allmählich ärgerte sie sich über Mr. Bates Reaktionen. Ja, sie hatte Lord Aldridge ausgefragt und sie bedauerte es nicht. »Dieses Collier gehört mir. Ich habe es auf meinem ersten Ball getragen. Ich sollte wohl annehmen, dass ich etwas wiedererkenne, was ich mein gesamtes Leben in der Schmuckschatulle meiner Mutter gesehen habe.« Eine Schatulle, die ihr, mit gerade erst vierzehn Jahren, nach dem Tod ihrer Mutter vor neun Jahren übergeben worden war.

»Ich verstehe.« Er sah sie mit einem mitfühlenden Lächeln an und presste dann die Lippen zusammen. »Allerdings müssen Sie begreifen, dass Sie nicht einfach herumgehen und einen Earl beschuldigen können Diebesgut zu horten. Insbesondere nicht Lord Aldridge.«

Sie spürte die Hitze in ihrem Nacken aufsteigen und strengte sich sehr an, um ihre Wut unter Kontrolle zu behalten. »Warum nicht? Er war abweisend und geriet in Aufregung, als ich ihn nach dem Collier fragte. Es war überaus verdächtig.«

Mr. Bates Fingerspitze hielt in der Bewegung inne. »Warum sind Sie gekommen, um mich heute zu sprechen?«

Sie lockerte ihren Griff um das Retikül in ihrer Bemühung, einen Teil ihrer Anspannung loszulassen, doch ihr Rücken blieb stocksteif. »Ich würde gern mein Eigentum zurückerlangen. Ich möchte Sie ersuchen, Lord Aldridge zu bitten, es herauszugeben, und wenn er sich weigert, möchte ich ihn wegen Diebstahls verfolgen lassen.«

Mr. Bates lehnte sich langsam in seinem Stuhl zurück. »Mrs. Renwick, haben Sie die geringste Vorstellung, welche Schwierigkeiten dies für Sie mit sich bringen könnte, oder welche Ausgaben? Nein, ich glaube, das wissen Sie nicht, denn sonst hätten sie nicht gefragt. Lord Aldridge ist ein Earl. Darüber hinaus unterstützt er die Polizeireform und verfolgt die Eliminierung Krimineller aus London. Die Vorstellung, dass er irgendetwas stehlen würde, ist absurd.«

Jocelyn war nicht sicher, ob sie sich vorstellen konnte, dass Lord Aldridge aus altruistischen Gründen handeln könnte, aber andererseits war ihre Meinung von ihm aufgrund seines betrügerischem Anspruchs auf das Collier auch ziemlich angeschlagen. »Dann sollte ich wohl annehmen, dass er gleich doppelt erfreut sein müsste, wenn der Gerechtigkeit genüge getan wird. Und weil er eindeutig im Besitz eines gestohlenen Objekts ist, sollte er es zu den Dieben zurückverfolgen wollen, die es von mir gestohlen haben.«

Der Anwalt schüttelte leicht den Kopf und Jocelyn hatte das Gefühl, dass er ihre Erklärung erduldete, anstatt ihr unvoreingenommen zuzuhören. »Können Sie beweisen, dass es Ihres ist?«

Triumpf wallte in ihrer Brust auf. »Das Glas über dem Elfenbein hat einen Kratzer. Wie können zwei identische Colliers den gleichen Defekt aufweisen?«

Mr. Bates' Ausdruck war geduldig, wenngleich ein wenig herablassend. »Ich bin sicher, dass Ihnen das als Beweis erscheinen muss, aber Aldridge könnte sein Collier ohne Schwierigkeiten auf genau die gleiche Weise beschädigt haben. Sie müssen etwas wie eine Kaufurkunde vorweisen, die Ihren Eigentumsanspruch beweist. Oder vielleicht ein Portrait ihrer Mutter, auf dem sie den Schmuck trägt. Irgendetwas, das über Ihr Wort hinaus beweist, dass dieses Collier vor mehr als zwei Jahren in Ihrem Familienbesitz war. Haben Sie so etwas?«

Als Jocelyn ihre Erinnerung durchforstete, ebbte ihr Hochgefühl ab. Es gab nichts Schriftliches und kein

Portrait. Von ihrer Magengrube aus machte sich Übelkeit breit, die eine hohles Loch in ihren Bauch fraß und ihre Schultern zusammensacken ließ. »Nein.«

Seine Augen kräuselten sich mitfühlend. »Dann fürchte ich, dass ich nichts tun kann, um Ihnen zu helfen. Sie müssen verstehen, dass Ihr Wort gegen dasjenige von Lord Aldridge steht, und weil er ein Earl ist, fürchte ich …« Seine Stimme erstarb, doch die unausgesprochenen Worte waren klar: Jocelyn hatte keine Chance gegen seinen Titel.

Außer sich vor Wut, nahm sie ihre aufrechte Position wieder ein. »Aber das ist mein Collier!«

Er wandte den Blick von ihrem ab und schob die Papiere auf seinem Schreibtisch hin und her. »Miss Renwick, wenn Sie einen Beweis liefern können, dass es Ihnen gehört, könnten wir versuchen, das Stück wiederzuerlangen. Die Strafverfolgung und eine Verhandlung wären allerdings überaus kostspielig.« Er räusperte sich und blickte zu ihr zurück. »Ich verabscheue es, taktlos zu sein, aber haben Sie die Mittel für solch einen langwierigen Rechtsprozess?«

Sie hatte nur sehr wenige Mittel und ganz bestimmt nicht genug für das, was er dort gerade beschrieb.

Mr. Bates' Ausdruck wurde sanfter und er schenkte ihr ein freundliches Lächeln. »Es tut mir leid, dass ich Ihnen nicht mit besseren Informationen dienen kann.«

Plötzlich fühlte sie sich, als ob sich der Diebstahl gerade erst ereignet hätte. Als ob Papa und sie gerade erst nach Hause zurückgekehrt wären, um ihre Dienstboten in der Spülküche gefesselt vorzufinden, und ihre Zimmer um sämtliche Wertgegenstände erleichtert. Ihr wurde ebenso kalt wie damals, als sie die Treppe mit großer Angst davor hinaufgestiegen war, was sie oben erwartete. Zumindest hatten sie die eigentliche Schmuckschatulle nicht an sich genommen, sondern nur das halbe Dutzend Schmuckstücke, die Mama ihr hinterlassen hatte. Und die Taschenuhr, Mamas Geschenk an Papa, die er an jenem Abend nur zu Hause gelassen hatte, weil sie repariert werden musste und er gefürchtet hatte, sie womöglich zu verlieren.

Jocelyn schluckte den Kloß herunter, der sich in ihrer Kehle bildete, und stand auf. »Danke für Ihre Zeit, Mr. Bates.«

Die Stirn gerunzelt erhob er sich ebenfalls. »Wenn Ihre Umstände sich ändern … Wenn Sie einen Beweis entdecken und die finanziellen Mittel haben, lade ich Sie herzlich ein, sich wieder mit mir in Verbindung zu setzen.«

Unfähig, auch nur den Anflug eines Lächelns zustande zu bringen, nickte sie. Dann drehte sie sich weg und verließ die Kanzlei, um ein paar Minuten später in den strahlenden Nachmittag hinauszutreten. Der Himmel war bewölkt, doch die Wolken waren so dünn und hoch, dass die Sonne dennoch sichtbar und spürbar war. Es war, wie ihr Vater es genannt hatte, ein typischer Londoner Frühlingstag.

Papa. Wieder schmerzte ihr das Herz über seinen Verlust. Von dem Diebstahl der Besitztümer seiner verstorbenen Frau war er vollkommen am Boden zerstört gewesen, insbesondere vom Verlust seiner geliebten Taschenuhr. Offenbar war seine Gesundheit seit einiger Zeit angeschlagen gewesen – eine Tatsache, die er vor Jocelyn geheim gehalten hatte – und das Verbrechen hatte ihm einen Herzanfall beschert, von dem er sich nicht wieder erholt hatte.

Mit schweren Schritten strebte Jocelyn in Richtung Mayfair, wo Gertrude ein kleines Stadthaus für die Saison gemietet hatte. Wieder und wieder drehten sich ihre Gedanken um Mr. Bates' Worte. Es durfte einfach nicht hoffnungslos sein! Das Collier gehörte *ihr.* Sie ballte die Fäuste. Es musste eine Möglichkeit geben, es zurückzubekommen! Wenn nicht auf dem Rechtsweg, warum sollte sie es dann nicht stehlen? Ihre Schritte wurden langsamer, als die Idee mehr Gestalt annahm und nicht mehr nur eine emotionale Reaktion war.

Könnte sie es wohl zurückstehlen? Und was würde sie dann damit tun? Es in der Öffentlichkeit tragen, damit Aldridge sie eine Diebin nennen konnte? Nein, sie müsste es bis zu ihrer Rückkehr nach Kent verstecken.

Ja. Das könnte funktionieren. Ihre Schultern strafften sich. Es musste so sein, denn es war leider ihre einzige Möglichkeit. Gleichwohl sie innerlich noch immer zitterte, verspürte sie einen Anflug von Zielgerichtetheit. Von Hoffnung.

Und vielleicht auch ein bisschen Angst, dass sie erwischt werden könnte.

～

*D*aniel entdeckte Miss Renwick, als sie aus der Kanzlei seines Freundes, Jeremy Bates, trat. Er hatte gehofft, sie bei einem anderen Ball oder einem Fest anzutreffen, und hatte sogar erwogen, ihr einen Besuch abzustatten, aber diese Gelegenheit, sie wiederzutreffen, war eine ausgezeichnete Wendung des Schicksals.

Er ging los, um sie abzufangen. »Guten Tag, Miss Renwick. Was für eine Freude, Sie zu treffen.«

Sie legte den Kopf in den Nacken. Ihr Blick aus den haselnussbraunen Augen war direkt und zielgerichtet. »Lord Carlyle, was für eine schöne Überraschung.«

Er sah hinter sie auf das Büro seines Freundes. »Haben Sie Mr. Bates besucht?«

Sie nickte. »Das habe ich. Leider konnte er mir nicht helfen.«

Er setzte eine ernste Miene auf, enttäuscht, dass sein

normalerweise brillanter Anwalt bei Miss Renwick irgendwie versagt hatte. »Es tut mir leid, das zu hören. Vielleicht sollte ich in Ihrem Namen ein Wort mit ihm wechseln?«

Sie schüttelte den Kopf. »Das wird nicht notwendig sein.«

»Werden Sie mir zumindest gestatten, Sie zu ihrem Ziel zu begleiten?«

Ganz kurz zogen sich ihre Brauen zusammen, als ob sie über sein Angebot nachdachte und im Begriff war, es abzulehnen. Doch dann formte sie die Lippen zu einem breiten Lächeln. »Das wäre entzückend, danke.«

Sie legte ihre Hand auf seinen Unterarm. Es war eine schlichte Berührung und weitaus unschuldiger als ihr Walzer neulich Abend, doch Daniel wurde am ganzen Körper heiß, was genau an der Stelle anfing, an der ihre Handfläche auf seinem Ärmel ruhte und von dort aus in jeden Teil seines Körpers ausstrahlte.

Er zwang sich, mit einem angemessenen Gesprächs- thema aufzuwarten, um sich nicht in ihrem verlockenden Duft zu verlieren. Äpfel. Anders als mit Blumen, kannte er sich mit Früchten aus und sie duftete nach Äpfeln. »Werden Sie als Nächstes Bow Street aufsuchen?«

»Ich glaube nicht. Mr. Bates hat mir zu verstehen gege- ben, dass mein Fall womöglich hoffnungslos sein könnte. Ich kann keinen Beweis vorlegen, dass der gestohlene Gegenstand mir gehörte. Mein Wort würde gegen das der Person stehen, in dessen Besitz es nun ist, und leider ist er mir im Rang überlegen.« Sie teilte ihm diese Information mit ruhiger Stimme mit, doch er nahm einen unterschwel- ligen Tonfall in ihrer Stimme war und sie spannte die Hand um seinen Ärmel an.

Er war für sie empört. »Das ist kaum gerecht.«

»Nein, das ist es nicht, aber was kann ich tun? Es gibt

keine lebenden Zeugen, die bestätigen können, dass das Schmuckstück mir oder meiner Familie gehört hat und ich habe keinerlei Dokumentation oder andere Beweise, dass es meines war. Dass es meines *ist*.« Ihre Stimme brach vor Bitterkeit.

»Darf ich fragen, was für ein Schmuckstück es ist?«

»Ein Collier, das meiner Mutter gehört hatte. Es war, zusammen mit einigen anderen Schmuckstücken, die ebenfalls gestohlen worden sind, das Einzige, was ich noch von ihr hatte.«

Daniels eigene Hand verkrampfte sich. Er sehnte sich danach, dem Dieb die Finger um den Nacken zu legen, der nicht nur Miss Renwick bestohlen, sondern obendrein noch die einzigen, greifbaren Hinterlassenschaften ihrer Mutter entwendet hatte.

Sie reckte den Kopf. »Ich frage mich, Mylord, ob Sie mir vielleicht in einem Bereich behilflich sein wollen. Sie hatten Ihre Unterstützung angeboten.«

»Gewiss. Es wäre mir eine Freude.«

Sie setzte ein bezauberndes Lächeln auf. »Ich hätte gern eine wirklich wundervolle Saison für Mrs. Harwood, und leider waren unsere Einladungen nicht so reichlich, wie wir uns erhofft hatten.«

Er bewahrte sie davor, ihre Bitte direkt in Worte fassen zu müssen. Die Ironie, dass *er* jemandem auf diesem gesellschaftlichen Gebiet behilflich sein könnte, war groß, doch er war froh, dies für sie tun zu können. »Ich werde liebend gern dafür Sorge tragen, dass Mrs. Harwood und Sie einige Einladungen erhalten.«

»Nur für Mrs. Harwood. Ich bin nur ihre Gesellschafterin.«

Er glaubte nicht, dass sie »nur« irgendetwas war, doch im Augenblick behielt er seine Meinung für sich. Er freute sich darauf, Miss Renwick den Hof zu machen. Und ja, er hatte gerade beschlossen, das zu tun. Die Vorfreude erfasste ihn mit einem Ruck. »Lord Aldridge hat morgen Abend eine große Dinnerparty. Ich bin sicher, dass Mrs. Harwood – und Sie – einbezogen werden können.«

Ihre Augen funkelten unter der Krempe ihrer Haube. »Danke, Mylord. Das ist perfekt, wage ich zu sagen.«

KAPITEL 3

Am folgenden Abend trat Daniel auf Lady Aldridge bei ihrer Dinnerparty zu. Sie war eine charmante junge Dame, die für ihn ebenso hilfreich gewesen war, wie ihr Ehemann, und nun begrüßte sie ihn mit einem Lächeln. »Guten Abend, Carlyle«, sagte sie, während sie die Hand ausstreckte.

Daniel verneigte sich und hauchte einen Kuss auf ihre behandschuhten Fingerknöchel. »Guten Abend, Mylady.« Er richtete sich wieder auf und trat noch dichter an sie heran. »Ich möchte Ihnen persönlich für die Einladung für Mrs. Harwood danken. Ist sie angekommen?«

»Ja, sie ist im Salon, glaube ich. Ich lade sehr gern ein, wen immer Sie möchten. Sie wissen, dass sie auf mich zählen können.« Sie zwinkerte ihm verschwörerisch zu. »Wir könnten nach dem Dinner einige Spiele spielen. Ich werde dafür sorgen, dass Miss Renwick und Sie als Spielpartner zusammengebracht werden. Deshalb haben Sie mich doch gebeten, Mrs. Harwood einzuladen, nicht wahr? Damit Miss Renwick hier sein würde?«

In diesem Moment gesellte sich Lord Aldridge zu

ihnen, doch seine Mundwinkel verzogen sich nach unten, als er Daniel anblickte. »Ich denke, es ist an mir zu sagen, dass Sie es weit besser treffen können als mit Miss Renwick. In der Tat, Sie *sollten* es wirklich besser treffen. Eine glänzende Zukunft liegt vor Ihnen und Sie brauchen eine Viscountess, die als vollendete Gastgeberin und Dame der Gesellschaft erzogen worden ist.«

Daniels erster Instinkt war, seinem Mentor zu sagen, er solle seine Meinung für sich behalten, aber da er den Mann in den letzten beiden Jahren immer wieder um Rat ersucht hatte, schien solch eine Reaktion undankbar. Stattdessen nickte er bedächtig. »Ich verstehe Ihren Standpunkt. Allerdings würde es mir gefallen, eine Verbindung wie zwischen Ihnen und Lady Aldridge zu finden. Und wie Sie wissen, habe ich die Frau noch nicht getroffen, die mein Interesse geweckt hat.«

Lady Aldridge lächelte ihn wissend an. »Ich habe immer gewusst, dass Sie ein heimlicher Romantiker sind.«

Erst seit Miss Renwick, was gleichzeitig erschreckend als auch aufregend war.

Er war dankbar, dass ihm durch Aldridges spöttische Entgegnung eine Antwort erspart blieb. »Ermuntere ihn nicht in diese Richtung. Miss Renwick ist ein Niemand. Ich habe Lord und Lady Winslow eingeladen und sie haben ihre Tochter, Lady Caroline, mitgebracht.« Er sah zu seiner Frau. »Hast du Carlyle und sie zum Essen zusammengesetzt, wie ich es angewiesen habe?«

»Gewiss. Sie sitzen direkt nebeneinander.«

Er strahlte Lady Aldridge an. »Ausgezeichnet. Wo wir schon von Lord Winslow sprechen, muss ich gehen und ihn begrüßen.« Aldridge sah zu Daniel. »Kommen Sie mit, Carlyle.«

Das sollte er und hätte es normalerweise auch getan. Aber die Anziehung von Miss Renwick im Salon war zu stark, um ihr zu widerstehen. »Ich werde gleich bei Ihnen sein.«

Aldridge schürzte die Lippen, doch er nickte und ging davon.

Lady Aldridge beugte sich zu ihm. »Keine Sorge, ich habe Miss Renwick auf Ihre andere Seite gesetzt.« Sie lachte leise und wenngleich Daniel ihre Umsicht zu schätzen wusste, war er sicher, dass Aldridge nicht begeistert sein würde. Nun, das würden die beiden unter sich ausmachen müssen.

»Danke, Mylady. Wenn Sie mich jetzt entschuldigen wollen.« Er ließ ein Lächeln aufblitzen, was sie mit einem leichten Winken ihrer Fingerspitzen beantwortete.

Einige Augenblicke später betrat Daniel den Salon und suchte ihn sofort nach Miss Renwick ab. Er unterdrückte ein Stirnrunzeln, als sie nicht da war. Ihre Arbeitgeberin, Mrs. Harwood, saß mit einer anderen älteren Dame zusammen und die beiden waren, die Köpfe einander zugewandt, in ein Gespräch vertieft. Enttäuscht drehte er sich um und ging wieder hinaus. Er überlegte einen Moment, ehe seine Füße ihn zu Aldridges Arbeitszimmer trugen – an den Ort, an dem er sich am wohlsten fühlte. Er war bei dieser Art gesellschaftlicher Ereignisse noch nicht ganz ungezwungen, auch nach einem Jahr in der Gesellschaft noch nicht.

Daniel erinnerte sich an den Tag, an dem er von seiner Erbschaft erfahren hatte, als ob es gestern gewesen wäre. Ein Advokat war in das Büro des Magistrats in der Queen Street gekommen und hatte ihn vom Tod des zweiten Cousins seines Vaters, Viscount Carlyle, *und* dessen Sohn informiert. Das war ein Jahr nach dem Tod seines Vaters gewesen und ohne seine Anwesenheit hatte Daniel nicht gewusst, was er als Nächstes tun sollte. Glücklicherweise hatten sich der Sekretär und Kammerdiener des verstorbenen Viscounts und der Butler von Carlyle Hall als uner-schütterliche Hilfen in seiner Ausbildung erwiesen. Er würde nicht sagen, irgendetwas davon gemeistert zu haben, aber er konnte sich zumindest durch seine Pflichten mogeln.

Aldridge war ein weiterer integraler Teil seiner Ausbildung gewesen. Sie hatten sich im Büro in der Queen Street kennengelernt, als Aldridge, ein Befürworter der Polizeireform, bei einigen Gelegenheiten vorbeigekommen war und sich mit den Konstablern unterhalten hatte. Als er erfuhr, dass Daniel geerbt hatte, war er nach Essex gereist, um ihm sein Mitgefühl auszudrücken und seine Hilfe anzubieten.

Daniel wusste nicht, wie er irgendetwas ohne ihn bewerkstelligt hätte. Jeder andere Edelmann, den er kannte, war in seiner Position geboren und aufgezogen worden, wohingegen Daniel weder das Geringste über seine Rolle im House of Lords gewusst hatte noch wie er mit seinen Dienstboten umzugehen oder sich bei einem gesellschaftlichen Ereignis zu geben hatte. Aldridge hatte ihn, kurz gesagt, vor vollkommener Beschämung und Scheitern bewahrt.

Daniel war bei Aldridges Arbeitszimmer angekommen und trat ein. Was ihn dort erwartete, ließ ihn ruckartig stehen bleiben. »Miss Renwick?«

Die Hand auf einer Schreibtischschublade, die sie gerade geschlossen hatte, hielt sie in der Bewegung inne. Dann straffte sie sich und strich ihre Röcke glatt. Rosa Flecken färbten ihre Wangen. Sie wäre ein bezaubernder Anblick gewesen, wenn sie nicht auch schuldbewusst dreingeblickt hätte. »Guten Abend, Mylord. Ich glaube, ich bin im falschen Zimmer.«

Er wollte diese Unterhaltung lieber im Privaten führen – und er beabsichtigte, eine Unterhaltung zu führen, als der Konstabler in ihm die Oberhand gewann – und schloss die Tür hinter sich. »Wonach suchen Sie in Lord Aldridges Arbeitszimmer?«

»Nichts. Wie ich sagte, bin ich wohl im verkehrten Zimmer. Ich war auf der Suche nach dem Ruheraum.« Sie umrundete den Schreibtisch und ging auf die Tür zu.

Daniel trat ihr in den Weg. »Sie dachten, der Ruheraum könnte sich in einer Schreibtischschublade befinden?«

Das Rosa ihrer Wangen wurde intensiver und breitete sich aus. »Natürlich nicht. Wenn Sie mich entschuldigen wollen.« Sie machte Anstalten, sich an ihm vorbeizudrängen, doch er legte die Hand auf ihren Unterarm.

»Das werde ich nicht. Zumindest nicht, bis Sie mir erzählt haben, was Sie hier getan haben. Sie können von mir nicht erwarten, dass ich Ihnen abnehme, einfach nur in ein falsches Zimmer geraten zu sein. Sie haben nach etwas gesucht. Sagen Sie mir, was es war.«

Sie wich von ihm zurück, als ob seine Berührung sie verbrannt hätte. Vielleicht war dem so. Das Gefühl ihrer Haut unter seiner Handfläche reichte aus, um ihn an den unangemessensten Stellen zu erhitzen.

»Bitte, Mylord. Ich habe mich geirrt. Lassen Sie mich einfach gehen.« Dann stürmte sie zum Ausgang. Daniel setzte ihr nach, doch sie hatte bereits die Tür geöffnet und wollte in den Korridor treten. Er blieb abrupt stehen, da er sie sonst über die Türschwelle gestoßen hätte, doch dann drehte sie sich auf dem Absatz um und stürzte direkt auf ihn zu, womit sie ihn rückwärts taumeln ließ. Sie fand ihr Gleichgewicht wieder, drehte sich und machte die Tür fest zu.

Daniel schoss vor und drängte sie, ohne nachzudenken, gegen die Tür. Er stützte die Handflächen auf beiden Seiten ihrer Schultern gegen das Holz. »Was zum Teufel ist hier los?«

»Sprechen sie leise!«, zischte sie. »Jemand ist im Korridor.«

Deshalb war sie also umgehend wieder in das Arbeitszimmer gekommen. Er entfernte sich keinen Millimeter von ihr. Stattdessen genoss er die Wärme ihres Körpers, ihr Erröten durch ihre Anstrengung, ihre flache Atmung. Sie hielt den Blick abgewandt, doch Daniel würde sie noch früh genug dazu bringen, ihn anzublicken.

»Es sei denn, Sie wollen, dass ich diese Tür öffne und alle uns zusammen sehen können. Werden Sie mir jetzt sagen, was zum Teufel Sie in Lord Aldridges Arbeitszimmer zu suchen hatten?«

Ihr Blick schnellte zu ihm und ihre haselnussbraunen Augen blitzten. »Das würden Sie nicht tun«, entgegnete sie, doch ihr Tonfall war von Zweifel unterlegt.

Er beobachtete das Muskelspiel an ihrem Hals, wie sich ihr Puls unter ihrer Haut beschleunigte, und ihre Brust sich hob und senkte. »Sie kennen mich nicht gut genug, um sicher zu sein. Wollen Sie es herausfinden?«

Sie schüttelte den Kopf, ohne den Blick von ihm zu wenden. Er beugte sich ein winziges bisschen weiter vor, bis ihre Brüste beinahe an seinen Oberkörper stießen. Gleichwohl sie zierlich war, so war sie an den richtigen Stellen dennoch sanft gerundet. Ihr Duft nach frischen Äpfeln attackierte ihn so unweigerlich wie ihre Nähe.

»Erinnern Sie sich, was ich Ihnen erzählt habe? Über meinen gestohlenen –«

Von draußen drangen Stimmen zu ihnen und instinktiv legte Daniel einen Finger auf ihre Lippen. Sie hatte leise gesprochen, doch es kam nur Schweigen in Frage. Wie viele Male hatte er einen Informanten am Reden hindern müssen, damit sie nicht belauscht wurden?

Sie machte große Augen. War es wegen der unmittelbar drohenden Gefahr vom Korridor oder weil er ihren Mund berührte? Eine ganze Abfolge ungebührlicher Gedanken spulte sich in rasendem Tempo durch seinen Verstand. Vielleicht verspürte sie das Gleiche.

Nach einigen atemlosen Augenblicken ebbten die Stimmen ab. Erleichtert atmete Daniel die angehaltene Luft aus, ließ die Schultern entspannen und nahm – bedauerlicherweise – den Finger von ihren Lippen. Er stützte die Hand an die Tür neben ihrem Kopf und hielt sie auf diese Weise wieder zwischen seinen Armen gefangen. »Ihr gestohlenes Eigentum?«

Sie blinzelte ihn an, als ob sie sich nicht daran erinnerte, wer er war, ganz abgesehen davon, worüber sie sich unterhalten hatten. Dann nickte sie sanft mit dem Kopf. »Ja«, flüsterte sie. »Lord – oder vermutlich besser Lady – Aldridge ist im Besitz meines Colliers.«

Sie musste sich irren. »Sind Sie sicher, dass es Ihr Collier ist? Vielleicht ist es nur ein ähnliches.«

»*Genau* wie das Meine?« Sie schürzte die Lippen. »Der Anhänger ist ein Einzelstück. Handgemalt auf Elfenbein.«

»Wie können Sie sicher sein, dass es sich um ein Einzelstück handelt?«

Vor Frustration gruben sich Furchen in ihre Stirn und um ihren Mund. »Weil mein Vater es von dem Künstler speziell für meine Mutter in Auftrag gegeben hatte. Es ist eine Erinnerung an ihr erstes Kennenlernen, als er sie zu einer Bootsfahrt eingeladen hatte. Darüber hinaus hat es einen Kratzer im Glas – den *ich* verursacht habe, als ich das Schmuckstück von der Frisierkommode meiner Mutter gestoßen habe.«

Das war verflixt detailliert. Dennoch, konnte der Künstler nicht so großen Gefallen an dem Stück gefunden haben, dass er es dupliziert hatte? Und vielleicht hatte Lady Aldridges Collier einfach einen ähnlichen Kratzer. Eher wahrscheinlich war allerdings, dass Aldridge

Diebesgut erworben hatte, ohne es zu wissen. Trotz Miss Renwicks Beharrlichkeit und der offensichtlichen Übereinstimmung in den Anhängern, fand er den Gedanken unmöglich, dass Aldridge in den Diebstahl der Objekte verwickelt sein sollte. Viel wahrscheinlicher war, dass er irgendwie gestohlenen Schmuck erworben hatte.

Sie blickte zu ihm auf. »Werden Sie sich entfernen oder ist es uns bestimmt, zusammen in diesem Arbeitszimmer erwischt zu werden?«

Arbeitszimmer ... Anstatt sich zurückzuziehen, schob er sein Gesicht so nah an ihres, bis es nur noch einen Fingerbreit von ihrem entfernt war. »Was Sie getan haben, war in diesem Arbeitszimmer nach dem Collier zu suchen?«

Sie kippte den Kopf zurück an die Tür, doch sie konnte nirgendwohin. Sie schluckte und ihr Blick verband sich mit seinem. »Ich habe nicht nach dem Collier gesucht.«

Gott, sie duftete köstlich. »Was haben Sie dann getan?«

Ihr Atem geriet aus dem Takt und ihre Pupillen weiteten sich. »Ich habe nach etwas anderem gesucht.«

»Sie werden schon etwas ausführlicher werden müssen.« Er widerstand dem Drang, seinen Mund auf ihre Wange zu drücken, ihren Hals, ihre geteilten Lippen.

»Beweise. Ich habe nach Beweisen gesucht, die belegen, dass Lord Aldridge ein Dieb ist.«

Sie spielte ein sehr gefährliches Spiel. War ihr bewusst, wen sie da beschuldigte? Er senkte seine rechte Hand über ihre bloße Schulter. Mit einer federleichten Berührung strich er mit dem Daumen über die Kontur ihres Halses. Damit überschritt er die Schicklichkeit weit über Gebühr, doch das war ihm egal. Er war geschult worden, zu benutzen, was immer er an Fähigkeiten und Waffen einsetzen konnte, um einen Verbrecher zu stellen, und im Augenblick konnte sie ungeachtet ihrer Motivation als Verbrecherin erachtet werden.

»Sie werden keine finden. Aldridge ist so gesetzestreu wie Winternächte lang sind. Wenn er Ihr Collier hat und« – er senkte seinen Mund an ihr Ohr – »ich glaube nicht, dass er es hat, ist er auf ehrliche Weise dazu gekommen.«

Sie drehte den Kopf und begegnete seinem Blick mit einem wütenden Ausdruck in den Augen. »Er behauptet, der Schmuck stammt aus seinem Familienbesitz, aber das ist unmöglich. Offensichtlich machen Sie sich für ihn stark, ohne ihn überhaupt erst zu fragen.«

»Sie können Aldridges Arbeitszimmer nicht durchsuchen. Wenn sie erwischt würden –«

»Das wurde ich«, presste sie zwischen zusammengebissenen Zähnen hervor.

»Von jemand anderem als mir, wären Sie ruiniert.«

»Wenn irgendjemand mich hier *mit* Ihnen erwischt, bin ich ruiniert. Aber wie Sie sehen, gebe ich keinen Deut darauf. Ich habe keinen Stand in der Gesellschaft, keine Familie, keine Heiratspläne.« Sie blickte ihn mit einem selbstgefälligen, verwegenen Lächeln an. »Es gibt nichts, das für mich ruiniert werden könnte.«

Daniel war während seiner kürzlichen Schulung für den Adelsstand ausführlich über Schicklichkeit in Kenntnis gesetzt worden, und sie irrte sich deutlich. »Da gibt es Mrs. Harwood. Ihr Betragen würde ein schlechtes Bild auf sie werfen.«

Sie wurde bleich und er verspürte ein gewisses Mitgefühl für sie. Doch neben seinem dringenden Bedürfnis, sie zu küssen, verblasste es. Er legte seine Hand um ihren Nacken und zog sie sanft zu sich. Ihre Lider senkten sich und sie legte den Kopf nach hinten, um seinen Kuss zu empfangen. Das Verlangen zog sich in seinem Unterleib zusammen.

Doch dann riss sie die Augen auf, als ob sie gerade mit einem Kübel Eiswasser übergossen worden wäre. Mit erhobener Hand zog sie die seine von seinem Hals fort. »Scheren Sie sich zum Teufel.«

Und dann drehte sie sich abrupt um und verließ das Arbeitszimmer, ohne auch nur einen Blick in den Korridor zu werfen, ehe sie schnurstracks hinaustrat.

Daniel sah ihren wiegenden Hüften nach, als sie davonging. Seine Leidenschaft kühlte sich nicht ab. Wenn überhaupt wurde sie noch heftiger und heißer. Sie war unvergleichlich, das war sicher.

Und da er das Klimpern loser Gegenstände in der Tasche ihres Abendkleides gehört hatte, musste er auch annehmen, dass sie auch – enttäuschenderweise – eine Diebin war.

KAPITEL 4

Zwei Tage später schlenderte Jocelyn nach ihrem üblichen Spaziergang am frühen Nachmittag durch den Hyde Park die Hertford Street hinauf. Ihre Finger wanderten zu der Tasche ihres Kleides, in der die drei Objekte steckten, die sie aus Lady Aldridges Ankleidezimmer mitgenommen hatte. Sie hatte nicht nur das Collier ihrer Mutter dort entdeckt, sondern auch zwei weitere Gegenstände, die aus ihrem Stadthaus entwendet worden waren: ein Paar Perlenohrringe und eine mit Strasssteinen besetzte Brosche. Über ihren Fund empört, hatte sie nicht lange überlegt, sie wieder zurück in ihren Besitz zu bringen. Schließlich gehörten sie *ihr*.

Angesichts der Tatsache, dass sie mehrere Schmuckstücke aus ihrem Familienbesitz gefunden hatte, war sie sich sicher, dass sie die Taschenuhr ihres Vaters unter Lord Aldridges Habseligkeiten finden würde. Es war ihr allerdings nicht gelungen, in sein Ankleidezimmer zu gelangen. Enttäuscht, aber fest entschlossen, hatte sie stattdessen sein Arbeitszimmer durchsucht. Vielleicht bewahrte er Aufzeichnungen über gekaufte Objekte auf, mit denen sie beweisen konnte, dass diese Dinge sich nicht im Besitz seiner Familie befunden hatten, wie er zuvor behauptet hatte.

Aber dann hatte Lord Carlyle sie entdeckt.

Ihr Schritt wurden verhaltener, als sie sich die Wärme seines Körpers in Erinnerung rief, die sie wahrgenommen hatte, während er sie an die Tür drückte. Er hatte ihre Suche unterbrochen, doch anstatt sich an den Schreck zu erinnern, errötete sie bei der Erinnerung an das Aroma von Nelken, das von seinem Kragen aufstieg, und an die Intensität seiner blaugrauen Augen, als er sich ihr zu einem Kuss näherte.

Sie schürzte die Lippen und beschleunigte ihre Schritte. Lord Carlyle hätte vor zwei Jahren ein potenzieller Verehrer gewesen sein können, aber jetzt war er nichts weiter als ein Ärgernis. Mit ein wenig Glück würde sie ihm aus dem Weg gehen können.

Doch er stand am Fuße der Treppe zu Mrs. Harwoods Stadthaus.

»Lord Carlyle«, platzte sie heraus, bevor sie ihre Gedanken ordnen konnte.

»Miss Renwick. Ich bin gekommen, um mit Ihnen über neulich Abend zu sprechen.« Seine Augenbrauen waren zusammengezogen, der Gesichtsausdruck sehr ernst. Er sah ganz anders aus als am Abend ihres Kennenlernens, an dem er so zuvorkommend und angenehm gewesen war.

Ihr Körper straffte sich unter seinem scharfen Blick. »Ich glaube nicht, dass wir einander etwas zu sagen haben, Mylord. Bitte entschuldigt mich.« Sie trat um ihn herum und marschierte zur Tür, doch er folgte ihr.

Als die Tür geschlossen blieb, runzelte Jocelyn die Stirn und klopfte dann an das Holz.

»Wo ist Ihr Butler?« Lord Carlyle trat neben sie.

Wäre sie nicht von ihrer Besorgnis abgelenkt gewesen,

hätte sie Carlyle gesagt, er solle gehen. »Ich bin mir nicht sicher«, murmelte sie, während sich die Haare in ihrem Nacken aufstellten. Sie erinnerte sich an eine andere Begebenheit, als der Butler sie nicht empfangen hatte ...

»Gestatten Sie.« Er öffnete die Tür und schob sie weit auf, damit sie eintreten konnte.

Die kleine Eingangshalle war verwaist.

Zaudernd trat sie ein und ihre Stiefel trafen pochend auf die Marmorfliesen. »Moss?« rief sie.

Keine Antwort.

Carlyle folgte ihr hinein, und sie war plötzlich dankbar für seine beharrliche Begleitung. «Wo könnte er sein?«

Jocelyns Brust zog sich in ihrer aufsteigenden Panik zusammen. Mit einem tiefen Atemzug suchte sie ihre Nerven zu besänftigen, aber das kam ihr alles nur allzu bekannt vor. »Ich weiß es nicht. Lassen Sie uns in der ...« Sie wollte gerade Küche sagen, doch als sie an der Tür zum Wohnzimmer vorbeikamen, blieb sie ruckartig stehen und keuchte. Das Zimmer war vollkommen verwüstet. Ein kleiner Schreibtisch war umgekippt, eine Vase war zu Bruch gegangen, die Dekoration lag überall verstreut, als wäre jedes Stück, ohne nachzudenken, aufgehoben und wieder verworfen worden.

O Gott, es war genau wie vor zwei Jahren.

»Halt.« Carlyles Hand legte sich um ihren Ellbogen und er zog sie zurück in die Eingangshalle. »Warten Sie hier.«

Sie registrierte seine Worte kaum. Ihr Blick wurde unscharf, als sie sich darauf zurückbesann, wie ihr Vater und sie in jener verhängnisvollen Aprilnacht nach Hause gekommen waren. Ihr gemietetes Stadthaus hatte genauso ausgesehen. Der Butler war zusammen mit der Köchin, der Haushälterin und dem Hausmädchen wie eine Gans in der Spülküche gefesselt gewesen.

»Miss Renwick?« Carlyles Gesicht kam wie aus dem

Nebel ins Blickfeld. »Miss Renwick.« Seine Stimme wurde drängender.

Sie bekam immer noch nicht ausreichend Luft. Ihr Brustkasten hob und senkte sich, und ihr Kopf fühlte sich schwindelig an. »I . . . Ich muss mich setzen.«

Carlyle führte sie zu dem Sofa im unordentlichen Wohnzimmer. »Ich muss nach Ihren Dienstboten sehen. Moment, ist Mrs. Harwood zu Hause?«

Jocelyn blinzelte zu ihm auf. Mrs. Harwood! Ihr Herz machte einen Satz in ihrer Brust, als wollte es sich losreißen und die Flucht ergreifen – genau das wollte Jocelyn auch. Aber stattdessen hielt sie die Falten ihres Rocks umklammert. »Das nehme ich nicht an. Sie ist zum Tee zu Mrs. Montgrove gegangen.« Jocelyn betete, dass sie noch dort war.

»Wie viele Bedienstete gibt es?«

»Moss, der Butler, und seine Frau – sie ist die Haushälterin – und ein Dienstmädchen. Sehen Sie bitte zuerst in der Spülküche nach.« Sie schwankte, ob sie ihn begleiten oder hierbleiben sollte. Im Grunde wollte sie nicht allein sein, doch durch ihre Furcht vor dem, was sie unter der Treppe vorfinden könnten, blieben ihre Füße wie erstarrt auf dem Fußboden.

»Sie müssen mit mir kommen«, forderte er sie auf. »Bis ich mich vergewissert habe, dass die Diebe nicht mehr im Haus sind, möchte ich Sie an meiner Seite wissen. Haben Sie verstanden?« Seine Augen waren klar, sein Tonfall vollkommen gelassen.

Unfähig, seiner Logik zu widersprechen, antwortete sie mit einem Nicken. Es war besser, dass er die Entscheidung für sie traf, denn sie war einfach nicht imstande dazu.

Er half ihr auf und zog sie dichter zu sich. »Holen Sie tief Luft. Schaffen Sie das?«

Vielleicht. Er ließ seine Hand auf ihrem Rücken kreisen,

als sie einatmete. Endlich füllten sich ihre Lungen mit Luft, als sich seine Fürsorge auf sie übertrug. Sie war noch immer angespannt und erschrocken, doch einen Augenblick lang fand sie Frieden.

»Bereit?«, fragte er und seine Berührungen wurden allmählich langsamer, bis sie ganz aufhörten. Er behielt seine Handfläche an ihrem Rücken.

»Ich glaube schon.« Sie wies ihm den Weg zur Spülküche. Als sie sich die Treppe hinunterschlichen, hörten sie im Untergeschoss dumpfe Geräusche. Carlyle eilte voraus und entdeckte die drei Bediensteten auf dem Boden, deren Hände hinter dem Rücken aneinandergebunden waren. Um ihre Münder waren Tücher gebunden worden. Sie waren exakt genauso gefesselt wie Jocelyns Dienerschaft vor zwei Jahren. Ein Schauder lief ihr über den Rücken und die Arme hinauf.

Carlyle war bereits dabei, den Gefesselten die Lumpen aus dem Mund zu nehmen. Das Dienstmädchen Nan begann zu fluchen, Mrs. Moss fing an zu weinen und ihr Mann bedankte sich ausgiebig bei Carlyle. Jocelyn schreckte aus ihrem Schock auf und machte sich eiligst daran, ihm beim Losbinden zu helfen.

»Wissen Sie, ob die Missetäter noch im Haus sind?«, fragte Carlyle.

Moss schüttelte den Kopf, während er seiner Frau die Handgelenke massierte. »Ich glaube nicht.« Er stand auf und half Mrs. Moss auf die Beine.

Carlyle half Nan auf. »Und Mrs. Harwood?«

»Sie ist noch unterwegs«, antwortete Moss, »Gott sei Dank.«

Bei dieser Nachricht entspannte Jocelyn sich ein wenig.

»Trotzdem halte ich es für besser, wenn ich mich einmal umsehe.« Carlyle drehte sich zu Jocelyn um und nahm ihre Hände zwischen seine. »Bleiben Sie hier.« Er drückte ihr kurz die Finger und eilte dann fast lautlos die Treppe hinauf.

Sobald Carlyle weg war, gingen alle in die Küche und setzten sich an den kleinen Tisch, an dem das Personal seine Mahlzeiten einnahm. Moss hielt weiterhin die Hände seiner Frau und strich ihr dabei besänftigend über die Handgelenke. Sie blickte Moss immer wieder in die Augen und lächelte zaghaft, als ob sie ihn beruhigen wollte.

Jocelyn blinzelte die Tränen fort. Ihre Liebe und Sorge füreinander war spürbar und rief bittersüße Erinnerungen an ihre Eltern wach.

Nan kochte Tee, und als sie die Kanne zum Ziehen hingestellt hatte, kam Carlyle die Treppe wieder herunter. Alle drehten sich mit erwartungsvollem Blick zu ihm.

Er setzte sich an das Kopfende des Tisches. »Es ist niemand im Haus, aber jeder Raum ist durchwühlt worden. Ich kann nicht sagen, ob etwas gestohlen worden ist.«

Jocelyn war fast sicher, dass nichts entwendet wurde, und dass das, was die Verbrecher gesucht hatten, fest in ihrer Tasche verstaut war, doch das sagte sie nicht. »Ich wage zu behaupten, dass wir darüber erst Bescheid wissen, wenn wir aufgeräumt haben.«

Sie legte eine Hand auf die Tasche und befühlte die darin versteckten Gegenstände. Zu ihrer Erleichterung über ihren Entschluss, die Kostbarkeiten stets bei sich zu tragen, gesellte sich ihre Wut darüber, was den Dienstboten angetan worden war. Sie war nur froh, dass Gertrude nicht hier gewesen war.

Carlyle wandte sich an Moss. »Können Sie mir berichten, was vorgefallen ist?«

Der Butler nickte seiner Frau beruhigend zu, ehe er das Wort an Carlyle richtete. »Ich habe die Tür geöffnet und sie schlugen mir auf den Kopf. Der Schlag hatte nicht ausgereicht, mich außer Gefecht zu setzen, doch sie konnten mich leicht überwältigen, Mylord.« Er klang, als wollte er sich entschuldigen.

»Das haben Sie gut gemacht, Moss. Wie viele waren es?«, fragte Carlyle in einem freundlichen, ermutigenden Ton.

Moss wirkte leicht verlegen. »Ich bin mir nicht sicher, Mylord. Zwei von ihnen haben mich hier herunter geschleppt, doch danach sind wahrscheinlich noch mehr gekommen.«

Nan nickte und zog dabei die Lippen kraus. »Einer kam die Treppe herauf und fand mich dort. Ein großer Kerl mit langem, blondem Haar. Er hat mich fast zu Tode erschreckt. Ich habe versucht, ihn zu treten, aber er hat mich die Treppe hinuntergezerrt und einem anderen übergeben.« Sie schüttelte den Kopf, murmelte etwas Unverständliches, ehe sie den Tee holen ging.

»Also vielleicht vier Männer?«, erkundigte Carlyle sich ruhig. Sein Betragen veränderte sich nicht – er war nicht aufgeregt oder wütend, sondern entschlossen und logisch. Er hatte nichts von seinen Fähigkeiten als Konstabler eingebüßt.

»Wir sollten die Bow Street benachrichtigen, nicht wahr?« fragte Moss.

»Ja, aber zuerst möchte ich gern herausfinden, ob etwas gestohlen wurde.« Carlyle richtete seine Aufmerksamkeit auf Jocelyn. »Sind Sie dazu in der Lage, mit mir durch das Haus zu gehen?« Sein Blick war wie immer konzentriert, doch es lag ein Anflug von Autorität darin. Er war in seinem Element – er klärte ein Verbrechen auf. Sie würde ihm sagen müssen, was ihrer Meinung nach geschehen war, und das würde ihm nicht gefallen. Nicht, weil auch sie ein Verbrechen begangen hatte.

Sie straffte die Schultern. »Wo wollen Sie anfangen?«

»In Ihrem Schlafzimmer, denke ich.«

Jocelyn konnte die Röte nicht unterdrücken, die ihr in die Wangen stieg. War es unschicklich, einen Mann in ihr Schlafzimmer zu lassen, um ein Verbrechen aufzuklären?

Sie führte ihn über die Hintertreppe hinauf und sie stiegen zwei Stockwerke bis in die erste Etage hinauf. An der Schwelle zu ihrem Schlafgemach erstarrte Jocelyn. Ihr Zimmer war nicht nur durchsucht worden. Es war zerstört worden. Ihr Bett war auseinandergerissen und die Kissen aufgeschnitten worden. Die Schubladen der Kommode, die in der Ecke stand, waren alle offen und der Inhalt quoll daraus hervor. Selbst die Vorhänge am Fenster hingen schief.

Sie trat ein und strebte in das winzige Ankleidezimmer. Auch dieses war durchwühlt worden. Ihre Kleider lagen auf dem Boden verstreut und – was vielleicht am bezeichnendsten war – das Schmuckkästchen ihrer Mutter lag zerschmettert auf dem Frisiertisch. Und das brachte sie in Harnisch.

»Fehlt irgendetwas?«, fragte Carlyle hinter ihr.

Sie trat an den Frisiertisch und hob eines der zerbrochenen Stücke des Schmuckkästchens auf. Jetzt war es an der Zeit, es ihm zu sagen. Das musste sie einfach tun. Nachdem sie ihn mit den Dienstboten erlebt und seine Sorge um die ganze Situation erfasst hatte, fragte sie sich, ob er ihr helfen könnte. Aber würde er es tun? »Ich glaube nicht.« Sie drehte sich zu ihm um. »Ich weiß, wonach sie gesucht haben.«

Die Schätze in ihrer Tasche fühlten sich plötzlich wie Blei an, das sie hinabdrückte. Sie zog sie heraus und drehte sie in ihrer Handfläche um, damit er sie genau sehen konnte.

Er trat vor sie hin und starrte auf ihre Hand. »Sie haben sie *doch* genommen.«

Sie reckte den Kopf hoch. »Sie wussten es?«

Er hob den Blick zu ihrem, doch sie konnte nicht erkennen, was er dachte – war er enttäuscht, wütend oder irgendetwas anderes? »Ich hatte es vermutet, weshalb ich heute gekommen bin, um Sie aufzusuchen. Mir war das Klimpern in ihrer Tasche nicht entgangen, als wir das Arbeitszimmer verlassen haben. Als Lady Aldridge mir dann erzählte, dass einige Dinge aus ihrer Schmuckschatulle fehlten, habe ich mich gefragt, ob Sie sie vielleicht genommen haben. Insbesondere, als sie sagte, dass es sich bei einem davon um ein Collier handelte, das sie von ihrem Ehemann als Geschenk erhalten hatte.«

»Es ist *mein* Collier. Wie auch diese Ohrringe und diese Brosche mir gehören.«

Er starrte sie an. »Sie haben sie gestohlen.« Sein Tonfall war noch immer gleichmäßig, doch unter seiner trügerischen Ruhe brodelte seine Wut.

Dann war er doch wütend. Das wurde sie ebenfalls. »Ich habe sie wiederbeschafft. Es ist kein Diebstahl, wenn sie mir gehören.«

»Das können sie nicht beweisen, wie Sie mir gesagt haben. Und Sie irren sich. Lord Aldridge sagte, das Collier sei nicht Ihres.«

Sie rückte noch ein bisschen näher, als sie zu ihm aufstarrte. »Sie werden es doch nicht als Zufall betrachten, dass er gleich drei Schmuckstücke besitzt, die mit meinen identisch sind? Ich könnte vielleicht gerade so akzeptiert haben, dass das Collier einfach eine genaue Nachbildung des Colliers meiner Mutter ist, aber nicht diese Ohrringe und auch nicht die Brosche. Nein, diese Dinge gehören mir.« Sie legte die Finger um den Schmuck in ihrer Hand. »Darüber hinaus«, sie schwenkte die ausgestreckte Hand herum und deutete damit auf die Verwüstung des Zimmers, »möchte er nicht, dass ich sie zurückbekomme.«

Sein Gesicht blieb ausdruckslos und seine Augen dunkel, ohne jede Emotion. »Was haben Sie in seinem Arbeitszimmer getan?«

Er war auf dem Gebiet der Einschüchterung wohlgeübt, doch Jocelyn würde das nicht zulassen. Sie bedauerte, ihn für ihre eigenen Zwecke benutzt zu haben, aber sie bedauerte ihren Versuch nicht, Aldridges Betrug aufzudecken. »Ich habe nach einem Beweis gesucht, dass er die Dinge entweder gekauft hatte oder vielleicht ... etwas anderes. Und es gibt noch andere entwendete Gegenstände, nach denen ich auch gesucht habe.« Sie reckte das Kinn.

Seine Züge erstarrten und seine unterschwellige Wut loderte in seinem Blick auf. »Sie haben mich manipuliert, um eine Einladung zu Aldridges Haus zu erhalten. Sie haben mich *ausgenutzt*, um einen Diebstahl zu begehen.«

Er wirkte so wütend, so ... betrogen, dass sie nicht anders konnte, als eine Woge der Scham zu empfinden. »Es tut mir leid.« Das klang unzureichend, doch es war alles, was sie hatte. »Es tut mir wirklich leid. Ich dachte, es sei meine einzige Chance, meinen Schmuck wiederzubekommen. Bitte verstehen Sie das doch.«

Er starrte sie noch einen Moment an und massierte sich dann die Stirn. Als er sie wieder ansah, war Ruhe in seinen Blick eingekehrt. Seine Gesichtszüge entspannten sich und er wurde wieder der hilfsbereite Konstabler, was sie misstrauisch machte. »Sie müssen die Gegenstände zurückgeben«, sagte er.

Den Teufel würde sie tun. »Das muss ich ganz und gar nicht. Ich kann nicht glauben, dass Sie das überhaupt vorschlagen. Was ist damit, dass er Mrs. Harwoods Haus auf diese Weise auseinandernehmen lässt?«

Sein Blick schweifte zur Seite, als er über ihre Frage

nachdachte. »Ich kann nicht glauben, dass Aldridge hinter der Durchstöberung Ihres Hauses steckt.«

»Warum nicht? Er *muss* doch hiernach gesucht haben.« Sie hielt ihre geschlossene Faust hoch. »Er weiß, dass ich das hier genommen habe.«

Sein Blick war auf die Wand gerichtet, als wäre dort etwas Faszinierendes in die Tapete geätzt. «Dann würde er den Fall Bow Street überlassen.« Seine Stimme erstarb.

»Was? Warum schauen Sie die Wand an?«

Carlyles Blick geriet nicht ins Wanken. »Weil er mir nichts von dem Diebstahl erzählt hat«, antwortete er leise.

Und das hätte er natürlich getan. Sie waren enge Freunde, die sich für die Polizeireform einsetzten. Dies war eine Angelegenheit, die Lord Aldridge Carlyle anvertraut hätte. Ein Teil ihrer Wut verrauchte. »Was denken Sie?«

»Dass all dies keinen Sinn ergibt.«

»Wäre es hilfreich zu wissen, dass vor zwei Jahren genau das passiert ist, als unser Eigentum gestohlen wurde? Unsere Dienstboten waren in der Spülküche aneinander gefesselt und unser Haus war auf den Kopf gestellt worden.« Sie konnte den Schmerz nicht unterdrücken. »Mein Vater erlitt einen Herzanfall, von dem er sich nie mehr erholte.«

Endlich drehte Carlyle den Kopf zu ihr. »Mein Beileid für ihren Verlust.« Er war einen Moment still. Der Abstand zwischen ihnen war nur gering, vielleicht eine Handbreit. Sie könnte sich an ihn lehnen, auf der Suche nach seiner Wärme und seinem Trost. Doch das tat sie nicht. Er hielt sie für eine Diebin, und vermutlich war sie das. War seine Meinung von Bedeutung? Darauf hatte sie keine Antwort.

Er drehte sich von ihr weg, um Abstand zwischen ihnen zu schaffen, was wahrscheinlich das Beste war.

Welche Anziehung sie auch immer zu diesem Mann verspürte, war sie dem Untergang geweiht, ehe sie ihr überhaupt nur nachspüren konnte.

»Sie glauben, Lord Aldridge steckt hinter dem Diebstahl in Ihrem Stadthaus vor zwei Jahren und dem, was heute hier passiert ist?«

Sie nahm eine leichte Skepsis in seiner Frage wahr, was in ihr den Wunsch weckte, die Stimme zu erheben. Aber sie hielt sich zurück. Sie sprach ruhig, wenn auch ironisch. »Ich halte es für verdächtig, dass der heutige Übergriff exakt so aussieht wie der vor zwei Jahren, und er stattfindet, nachdem ich vor zwei Tagen einen Teil meines gestohlenen Eigentums wiedererlangt habe, und Lord Aldridge den Verlust des Schmucks seiner Frau nicht gemeldet hat. Sie können selbstverständlich Ihre eigenen Schlüsse daraus ziehen.«

Er sah sie mit hochgezogener Augenbraue an. «Danke, das werde ich.« Er lenkte seine Schritte in die gegenüberliegende Ecke des kleinen, quadratischen Raumes. »Ich muss zugeben, dass das alles ein wenig verdächtig ist. Lady Aldridge erwähnte, dass ihr Mann ihr geraten hatte, niemandem von dem vermissten Schmuck zu erzählen, und dass sie ihn wahrscheinlich nur verlegt hatte.«

»Und ist das typisch für sie?«

«Ja. Sie ist dafür bekannt, dass ihr hin und wieder Gegenstände verloren gehen. Sie verlässt sich sehr auf ihre Zofe, um Ordnung zu halten, und ebendiese Zofe war letzte Woche nicht im Haus, da sie zu Besuch bei ihrer kranken Mutter war.« Er schüttelte den Kopf. «Je mehr ich darüber nachdenke, desto mehr denke ich, dass Sie sich irren. Lord Aldridge glaubt zweifellos, der Schmuck seiner Frau würde sich irgendwo in ihrem Stadthaus befinden, was durchaus denkbar ist.«

Das wäre es, wenn Lord Aldridge die Wahrheit darüber

gesagt hätte, wie er in den Besitz von Jocelyns Schmuck gekommen war. »Nur sind sie nicht im Stadthaus der Aldridges, und irgendjemand hat dieses Haus auf der Suche danach durchstöbert.«

Er wirkte nicht überzeugt. »Das wissen Sie doch gar nicht.«

»Doch, das weiß ich.« Sie wühlte in dem Durcheinander auf dem Frisiertisch. »Es fehlt nichts. Sehen Sie, hier –« Eben wollte sie sagen, ihre silbernen Ohrringe seien noch da, doch das waren sie nicht. Und auch die Kamee nicht, die Gertrude ihr neulich geliehen hatte.

Er trat neben sie. »Was ist los?«

Ihre Schultern sanken herab. »Mein Schmuck ist verschwunden.« Aber wie konnte *ihr* das Gleiche zweimal passieren? »Ich glaube noch immer nicht an einen Zufall. Meiner Ansicht nach haben sie dies hier gesucht und währenddessen alles andere mitgenommen, was ihren Gefallen gefunden hat.«

»Haben Sie schon einmal überlegt, Konstabler zu werden?«, fragte er ironisch, und sie drehte sich, um ihn anzustarren.

»Wie können Sie in dieser Situation noch Humor aufbringen?«

Er stieß die Luft aus und drehte sich ganz zu ihr. »Das tue ich nicht. Ich will damit nur zum Ausdruck bringen, was für einen logischen Verstand Sie haben, wenn er auch vielleicht durch Ihre früheren Erfahrungen gefärbt ist. Ja, es ist Zufall, dass Sie zweimal ausgeraubt wurden, aber es ist nicht unmöglich.«

Ihren Schmuck noch immer fest umklammernd drehte sie sich zu ihm. »Wie erklären Sie sich, dass Lord Aldridge im Besitz von drei meiner gestohlenen Schmuckstücke war?«

Er runzelte die Stirn und schüttelte zur Antwort mit

dem Kopf. »Ich weiß es nicht, aber ich werde es herausfinden. In der Zwischenzeit müssen Sie die Gegenstände zurückgeben.«

»Das werde ich nicht.«

»Miss Renwick, Sie verstehen sicher, dass ich ein Verbrechen nicht ignorieren kann.«

Genau darauf verließ sie sich. »Das tue ich, und ich bitte Sie, meins zu lösen. Glauben Sie mir, dass es sich bei diesen Gegenständen um mein Eigentum handelt?«

«Ich glaube, dass Sie sie dafür halten.«

Was für eine arrogante Behauptung. Sie stemmte die leere Hand in die Hüfte und starrte ihn direkt an. »Nun, das ist ein bisschen beleidigend, finden Sie nicht?«

Er seufzte. »Ich glaube nicht, dass Sie in diesem Punkt lügen. Es muss eine gute Erklärung für die Ähnlichkeit geben.«

Damit konnte sie sich zufriedengeben. »Ich stimme zu. Ich schlage vor, Sie finden diese Erklärung – wie die Stücke in Lord Aldridges Besitz gelangt sind – und dann werde ich sie zurückgeben, ob sie nun meine sind oder nicht.« Wie es sie schmerzte, auch nur zu unterstellen, es seien nicht ihre, einmal ganz abgesehen davon, sie zurückzugeben!

Er ging in ihr Schlafzimmer. »Nun gut. Lassen Sie uns mit einer Liste der Gegenstände anfangen, die Ihnen vor zwei Jahren gestohlen wurden. Können Sie sie für mich aufschreiben?«

»Selbstverständlich.«

Er drehte sich zu ihr. »Ausgezeichnet. Bitte seien Sie in ihren Beschreibungen so genau wie möglich. Während Sie das tun, werde ich Nan bitten, ein wenig Ordnung in diesem Raum zu schaffen.« Sein Blick schweifte zu ihrem zerstörten Bett und dann zu ihr. Plötzlich war sie sich sehr bewusst, dass sie allein in ihrem Schlafzimmer waren.

Dieser Gedanke wurde unversehens von der Erinnerung seines beinahe Kusses neulich Abend abgelöst. Plötzlich wurde ihr ganz heiß.

Er konzentrierte seinen Blick auf die Wand hinter ihr. Offenbar besaßen die Wände ihres Ankleidezimmers und Schlafzimmers etwas Fesselndes. Er räusperte sich. »Ich werde Moss losschicken, um einen Konstabler von der Bow Street herzubringen.«

Es schien, als wäre sein Interesse an ihr geschwunden. Sie versuchte, ihre Enttäuschung zu verbergen. »Einen Greifer?«

Er verzog missbilligend den Mund. »So werden wir – sie – nicht genannt. Aber ja.«

Sie vermutete, dass er seine frühere Beschäftigung mehr als nur ein kleines bisschen vermisste. Wie schockierend musste es gewesen sein, von einem Konstabler plötzlich zu einem Viscount zu werden, ohne die geringste Wahl in dieser Angelegenheit zu haben. »Dann haben wir eine Abmachung?«

Wieder begegneten sich ihre Blicke und die gewohnte Intensität wurde durch einen erregten Schimmer noch erhöht. Ja, er vermisste seine Rolle als Konstabler und er war begierig auf diese Aufgabe. Oder vielleicht war er auch nicht so uninteressiert an ihr wie sie dachte. »Das haben wir.«

Trotz der vollständigen Zerstörung ihres Schlafzimmers verspürte Jocelyn zum ersten Mal seit zwei Jahren so etwas wie Hoffnung. Sie fühlte auch den Funken von etwas anderem aufblitzen, und es war etwas, das sie noch nie zuvor empfunden hatte.

KAPITEL 5

*N*achdem er den Konstabler durch Jocelyns Stadthaus geführt, und dafür Sorge getragen hatte, dass alle gut versorgt waren, hatte Daniel sich verabschiedet. Er war ein bisschen abgeneigt, sie und die Dienstboten allein zu lassen, denn Mrs. Moss war noch immer recht aufgeregt, doch er hatte alles getan, was er konnte, ohne die Aufmerksamkeit zu erregen, insbesondere, da Mrs. Harwood nach Hause zurückgekehrt war. Er redete sich ein, dass er sie alle nur sicher und wohlbehalten sehen wollte, doch er wusste, dass es bei Jocelyn ein bisschen mehr als das war. Sie hatte ihn in ihrem Schlafzimmer mit einer Art Hunger angesehen. Dann hatte sie zu ihrem Bett geblickt. Er hatte jeden männlichen Instinkt zurückkämpfen müssen, den er besaß, um seine Hände und seinen Mund bei sich zu behalten.

Er nahm eine Droschke und fuhr damit nach St. Giles, wo beinahe all seine Informanten wohnten und ihre Geschäfte tätigten, woraus auch immer diese bestanden. Sein Verstand war über die Gelegenheit erregt, wieder ein Verbrechen aufklären zu können. Er konnte kaum abwarten, mit seiner bevorzugten Hehlerin zu sprechen, vorausgesetzt, dass Odette noch immer ihr Bordell betrieb. Wenn nicht, bedeutete das, dass sie ein tragisches Ende gefunden hatte, denn er konnte sich nicht vorstellen, dass die schamlose ehemalige Prostituierte jemals ihre Lebensgrundlage aufgeben würde.

Eines der Probleme, mit denen er als Konstabler zu tun gehabt hatte, war die unterschiedlichen Ansichten bezüglich der Behandlung bestimmter Krimineller gewesen. Brach Odette als Hehlerin das Gesetz? Ganz sicher. Und einmal hatte er als junger Konstabler versucht, sie zu verhaften bis ihm aufging, dass sie ihm im Gefängnis sitzend nicht helfen konnte, größere Verbrecher zu fassen. Also hatten sie angefangen, eine beiderseitig vorteilhafte Beziehung aufzubauen, bei der Daniel ihre Aktivitäten als Hehlerin ignorierte – innerhalb vernünftiger Grenzen – und sie ihn mit Informationen versorgte, die ihm halfen, eine große Anzahl von Dieben zu fassen.

Die Droschke blieb vor dem Silver Unicorn stehen. Er entlohnte den Kutscher und sog den vertrauten Duft des Elendsviertels ein. Den *Gestank* vermisste er nicht, doch der Geruch ging Hand in Hand mit dem Kampf gegen das Verbrechen und das entlockte ihm ein erwartungsfreudiges Lächeln.

In den Jahren, seit er fort war, hatte sich Odettes Bordell nicht verändert. Das Schild zeigte immer noch ein tänzelndes weißes, und kein silbernes Einhorn. Vier Hunde lungerten am Eingang herum und Daniel erkannte den größten von ihnen, einen struppigen grauen Mischling mit großen braunen Augen. »Gray«, begrüßte er ihn und redete ihn damit mit seinem nicht allzu originellen Eigennamen an. »Wie ist es dir ergangen, Junge?«

Auch Gray erinnerte sich an Daniel, denn als er seine Hand beschnupperte, ließ er die Zunge aus dem Maul hängen. Daniel verbrachte etwa eine Minute damit, den Hund zu streicheln, ehe er seine freundschaftliche Behandlung auf seine pelzigen Freunde ausweiten musste, die seine Aufmerksamkeit suchten.

Mit einem letzten Tätscheln von Grays Kopf drehte er sich zum Eingang. Gray leckte ihm die Hand und Daniel lächelte, denn er erinnerte ihn an seine Hunde zu Hause. Oder besser an das Paar Hirschhunde, das er mit Carlyle Hall in Essex geerbt hatte. Wann hatte er angefangen, Carlyle Hall als sein Zuhause zu betrachten? Er schüttelte den Gedanken ab und konzentrierte sich auf die vor ihm liegende Aufgabe.

Die Schankstube des Silver Unicorns war, wie er in Erinnerung hatte, schummrig mit einer niedrigen Decke. Um diese Tageszeit war die Stätte verwaist, weshalb sie ihm für seine Besuche am liebsten war. Er marschierte in den hinteren Teil, in dem die Theke stand, deren zerkratzte Oberfläche Zeugnis von den Jahren ihrer Existenz ablegte.

Ein dunkler Kopf ruckte hoch und erstarrte bei seinem Anblick. »Danny Carlyle!«, verkündete Odette. Gerade eben über das mittlere Lebensalter hinaus, war Odette noch immer eine attraktive Frau, wenn auch von einem etwas kecken Aussehen. Ihre Stirn war ein bisschen zu breit, doch das wurde von einem sinnlichen Augenpaar wettgemacht, mit Wimpern, die so dicht und dunkel wie Pech waren. Und ihre Nasenspitze war zu vorwitzig, aber der üppige Schwung ihrer Lippen zog die Aufmerksamkeit sofort tiefer.

Sie sauste um die Theke und warf ihm die Arme um den Nacken. Sie waren nie intim gewesen – sie war alt genug, um seine Mutter zu sein –, aber Daniel hatte oft gedacht, sie hätte sich gewünscht, jünger zu sein.

Er erwiderte ihre Umarmung, und als sie ihn endlich

losließ, trat er zurück um mit gespieltem Ernst zu fragen: »Meinst du nicht Lord Carlyle?«

»Ach Gott, du lieber Himmel! Du erwartest doch von mir nicht zu knicksen und affektiert zu lächeln, nicht wahr?« Missbilligend schürzte sie die Lippen, doch dann lächelte sie rasch. Anschließend sank sie in einen dynamischen, wenn auch nicht perfekten Knicks. »Mylord, welchem Umstand habe ich das Vergnügen Eures Besuchs heute Nachmittag zu verdanken?«

Er zog sie hoch. »Du kannst damit aufhören und mir ein Pint zapfen.« Odette servierte eines der hervorragendsten Ales in ganz London.

»Wie Mylord befehlen.« Lachend schlenderte sie hinter die Theke zurück.

Daniel lehnte sich gegen das Holz und sein Blick fiel auf die Furche in der Mitte, wo er eines Abends einem Messer ausgewichen war. Bei der Erinnerung geriet sein Blut in Wallung. Könnte er sich noch immer in einem Kampf behaupten?

Sie schob ihm das Ale über die Theke und sah ihn mit einem gespielt finsteren Blick an – das konnte er am Funkeln in ihren Augen sehen. »Du hast lange gebraucht, um mich zu besuchen.«

»Ich entschuldige mich, Odette. Es hat sich herausgestellt, dass es schwieriger ist, ein Viscount zu sein, als ein Konstabler.«

Ihr ausgelassenes Gelächter erfüllte den Raum. »Was für ein Blödsinn.« Sie zapfte sich ein Pint Ale. »So sehr ich dich auch anhimmle, bin ich sicher, dass du nicht gekommen bist, um dich nach meinen Wohlergehen zu erkundigen. Obwohl es schön gewesen wäre, wenn du das getan hättest.«

Ja, das wäre es gewesen. »Diese Rüge habe ich mir zu Recht verdient. Ich werde mich um Besserung bemühen.

Ich frage mich, was die feine Gesellschaft zu meinen Besuchen eines Bordells in St. Giles sagen würde?«

Sie schmunzelte. »Dass du ein Lustmolch oder ein Trinker bist. Oder beides.«

Er nahm einen Schluck von seinem Ale. Der Geschmack erinnerte ihn an die unzähligen Abende in Etablissements wie diesem, als er Fragen wie diese gestellt hatte: »Wie gehen die Geschäfte?«

Sie stützte die Ellbogen auf die Theke und verschränkte die Arme vor sich. »Genauso wie immer.«

»Ich hatte gehofft, dass du das sagst.«

»Lügner, du hattest immer gehofft, ich würde meinen Fokus einengen.« Damit meinte sie, die Hehlerei aufzugeben. Gleichwohl sie furchtbar hilfsbereit war, mochte er sie und sorgte sich um ihre Sicherheit. Zu viele Hehler verloren ihre Leben bei einem Streit oder durch einen unzufriedenen Kunden.

»Ich hoffe, du kannst mir in einer Sache helfen, die sich vor etwa zwei Jahren ereignet haben muss. Einer Freundin von mir sind mehrere Schmuckstücke gestohlen worden.« Er hatte Jocelyn überzeugt, ihm die Stücke zu überlassen, damit er Erkundigungen einziehen konnte. Anstatt alle drei aus seiner Tasche hervorzuholen, nahm er nur das Collier heraus, da es das auffälligste der Stücke war. Er legte es auf die Theke. »Erkennst du es?«

Sie zog eine Lampe dichter heran und beugte sich vor, um das Collier genau zu inspizieren. Mit ihren, vom Alter gezeichneten Fingern strich sie über das Glas auf dem Elfenbein. »Bezaubernd. Aber ich habe es noch nie zuvor gesehen.«

Daniel hatte so gehofft, dass sie ihm helfen konnte. Sie war auf den Weiterverkauf von Diebesgut aus den Häusern der Reichen und Privilegierten spezialisiert. »Denke zurück, wenn du kannst. Das Schmuckstück wurde von einem Stadthaus in Mayfair entwendet. Es waren mehrere Stücke. Eine Brosche, Ohrringe und eine Taschenuhr, die ebenfalls handbemalt war.« Er zog die anderen Stücke aus seiner Tasche. »Hier.«

Mit gewölbter Augenbraue sah sie zu ihm auf. »Du hältst etwas vor mir zurück, nicht?«

Er ließ den Kopf in einer entschuldigenden Geste sinken.

Sie nahm die Brosche und studierte die Strasssteine. »Wo ist die Taschenuhr?«

»Sie konnte nicht wiederbeschafft werden.«

Nachdem sie die Brosche beiseite gelegt hatte, musterte sie die Ohrringe. »Wo hast du diese gefunden?«

»Das tut nichts zur Sache.«

Sie wandte sich von dem Schmuck ab und nahm ihre vorige Position mit auf der Theke verschränkten Armen wieder ein. »Das tut es, wenn du Antworten willst. Du weißt, wie es funktioniert, Danny.«

Ja, das tat er. Information gegen Information. »Sie wurden im Haus eines Earls gefunden. Ich glaube, er hat sie gekauft, ohne zu wissen, dass sie gestohlen worden waren.« Das war die einzige vernünftige Erklärung. Aldridge hatte darüber gelogen, dass sie aus seinem Familienbesitz stammten, um das Gesicht zu wahren. Wenn es bekannt wurde, dass er Hehlerware erworben hatte, wäre sein Ruf als Verbrechensreformer ruiniert. Darüber hinaus konnte Daniel einfach nicht glauben, dass er sich mehr hatte zuschulden kommen lassen.

Odette hob interessiert den Kopf. »Ein Earl sagst du?«

Daniel lehnt sich vor und sein Puls beschleunigte sich bei der Verheißung auf Information. »Ja?«

»Darüber weiß ich gar nichts.« Sie trank einen Schluck von ihrem Ale.

Daniel unterdrückte einen finsteren Blick. Es war am

besten, bei dieser Art von Unterhaltung auf sämtliche Emotionen zu verzichten. Es war nie hilfreich, etwas preiszugeben, und Odette tat ihr Möglichstes, das nicht zu tun. Aber er durchschaute ihre Verleugnung. Wann immer sie keine Antwort für ihn hatte, bot sie ihm an, etwas darüber herauszufinden. Warum nicht dieses Mal?

»Kannst du für mich herumfragen?«, bat er. »Aber sei darauf bedacht, nicht zur Sprache zu bringen, dass es sich um einen Earl handelt. Ich würde die Identität des Gentleman gern geheim halten.«

Sie lachte höhnisch. »Es gibt eintausend Earls oder was, nicht wahr? Sicher, ich werde sehen, was ich herausfinden kann, doch angesichts der langen Zeit, die die Sache nun schon zurückliegt, würde ich nicht zu viel erwarten. Deine Freundin sollte sich einfach freuen, ihre Schmuckstücke zurück zu haben.«

Er streckte die Hand aus, um den Schmuck wieder an sich zu nehmen, doch stattdessen legte er seine Hand auf die ihre. Er sah sie eindringlich an. »Ich würde wirklich gern wissen, wer dies gestohlen hat. Es gibt andere Dinge, die sie gern finden möchte, Dinge, die nur für sie allein einen besonderen Wert haben.«

Odettes Gesicht wurde sanfter und sie drehte ihre Hand herum, sodass sich ihre Handflächen berührten. »Du warst immer schon ein bisschen sentimental. Hast du inzwischen schon eine Frau gefunden. Vielleicht diese ›Freundin‹ von dir?«

Frau? Er hatte sich mit dem Gedanken getragen, Jocelyn den Hof zu machen, ehe sie den Diebstahl begangen hatte. Er fühlte sich eindeutig zu ihr hingezogen, aber konnte er über ihre Tat hinwegsehen?

Er schob Jocelyns Schmuckstücke – wann hatte er angefangen, sie als ihr Eigentum zu betrachten – in seine Tasche und ignorierte die Frage nach einer Ehefrau. »Ich bin nicht sentimental. Du bist eine abgehärtete Kriminelle.«

»Schhh! Das darfst du nicht laut sagen.«

Er blitzte sie mit einem Lächeln an. »Hast du Angst, die Ratten könnten dich ausliefern?«

Wieder lachte sie laut. »Mach dich auf den Weg, Danny Carlyle – Verzeihung, *Mylord*«, betonte sie übertrieben.

»Du kannst mir hier eine Nachricht zukommen lassen.« Er gab ihr eine seiner Karten.

Sie nahm die Karte in eine Hand und legte die Kuppe des Zeigefingers ihrer anderen Hand unter die Nase und stieß sie nach oben. »Brook Street. Schicke Adresse.«

Er trank einen weiteren Schluck seines Ales und stellte den Humpen wieder auf die Theke zurück. Dann ließ er mehrere Münzen neben das verschlissene Glas fallen. »Danke Odette. Pass auf dich auf.«

»Es war schön, dich zu sehen, Danny«, meinte sie zum Abschied, als er sich umdrehte und ihr Etablissement verließ.

Er war enttäuscht über ihren Mangel an Information, aber neugierig darüber, was sie nicht gesagt hatte. Dennoch bezweifelte er nicht, dass sie eine Möglichkeit finden würde, zu helfen. Sie würde die Laufburschen schicken, die auf dem Dachboden wohnten, um Fakten herauszufinden und Daniel würde einige junge Kerle mit der gleichen Aufgabe betrauen.

Als er weiter in das Elendsviertel vordrang, überlegte er, ob er mit Aldridge reden sollte. Aber was konnte er sagen? Aldridge würde auf die Rückgabe des Schmucks bestehen und Daniel würde seine Nachforschungen aufgeben müssen. Wenn er sich Aldridge näherte, dann mit Fakten bewaffnet.

Jocelyns Schmuck wog in seiner Jackentasche. Ja, wann hatte er angefangen, diese Dinge als ihr Eigentum zu betrachten? Er erkannte, dass er ihr glaubte, und nicht nur, dass sie diese Dinge für die ihren hielt, sondern, dass sie tatsächlich gestohlen worden waren. Er besann sich auf die Furcht in ihren Augen, die Anspannung ihres Körpers und die Panik in ihrer Stimme, als sie an diesem Nachmittag ihr Stadthaus betreten hatten. Dass einem dies einmal passierte, nun, das war schlimm genug, aber zweimal? Und doch war sie unter der Belastung nicht zusammengebrochen. Sie hatte verdient, zu erfahren, was geschehen war, und er würde es herausfinden.

KAPITEL 6

m folgenden Nachmittag blickte Jocelyn sich in ihrem weitgehend aufgeräumten Schlafzimmer um. Sie hatte den Rest des gestrigen und den größten Teil des heutigen Tages damit verbracht, die Federn des Bettzeugs aufzulesen und die zerstörte Bettwäsche und Matratze zu entfernen. Es würde mehrere Tage dauern, bis das Bettzeug ersetzt werden konnte. In der Zwischenzeit würde sie das freie Schlafzimmer beziehen, das kleiner und mit einer ausgedienten Matratze ausgestattet war.

Moss erschien in der Tür. »Miss Renwick, Lord Carlyle ist hier, um Sie zu sehen.«

Ihr Magen machte einen kleinen Satz. Gerade als sie verzweifelte und sich einer Zukunft als Mauerblümchen sicher war, musste er ihr über den Weg laufen – buchstäblich. Und jetzt keimte die Hoffnung in ihrem Herzen.

Mit munterem Schwung schritt sie die Treppe hinunter. Daniel – oh, sie durfte ihn nicht beim Vornamen nennen, aber was konnte es schaden, wenn sie es für sich tat? – wartete, den Hut in den Händen, in der Eingangshalle auf sie.

Er lächelte, als sein Blick auf sie fiel, und ihr Magen vollführte einen weiteren Satz. »Guten Tag, Miss Renwick.« Eine solche Anrede klang so förmlich nach allem, was sie gestern zusammen erlebt hatten. Sie war so froh, dass er sie aufgesucht hatte. Wenn sie das verwüstete Haus allein hätte betreten müssen ... sie schauderte.

Seine Augen zogen sich vor Sorge zusammen und er trat auf die Treppe zu, als sie die letzte Stufe erreichte. »Was ist geschehen?«

Sie schenkte ihm ein strahlendes Lächeln. »Nichts. Ich habe nur gerade gedacht, wie froh ich bin, dass Sie gestern an meiner Seite waren.«

Seine Miene entspannte sich. »Darüber bin ich auch froh – und erleichtert, dass Sie sich zum Zeitpunkt des Überfalls nicht im Haus befanden.« Er hielt inne und erwiderte ihr Lächeln. »Ich hatte gehofft, Sie würden vielleicht gern eine Runde mit mir durch den Park fahren. Ich habe einen Phaeton, aber ich muss gestehen, dass ich zwar inzwischen das Reiten beherrsche, aber die Feinheiten des Fahrens noch nicht wirklich erfasst habe.«

Er war so ehrlich, so nüchtern, dass sie nicht anders konnte, als ihn weiter anzulächeln. Nie zuvor war sie einem derart selbstkritischen Menschen begegnet. »Sie sind besser, als Sie denken, da bin ich sicher. Und wie schön für Sie, die Reiterei gemeistert zu haben. Das ist keine leichte Aufgabe.«

Er nickte, seine Lippen schürzten sich bei ihrem Kompliment. »Ich danke Ihnen. Der Stallmeister in Carlyle Hall behauptete, ich sei ein Naturtalent. Ich glaube, er wollte nur sicherstellen, dass ich ihn nicht entlasse. Alle Bediensteten sind gut drei Monate lang um mich herumgeschlichen, ehe sie gemerkt haben, dass meine Angst vor ihnen größer war als ihre vor mir.«

Sie nahm ihre Haube, die sie vorhin beim Spaziergang

getragen hatte, von einem Tisch in der Eingangshalle. »Sie hatten nicht wirklich Angst?«

Er beugte sich vor, als würde er ein gut gehütetes Geheimnis preisgeben. »In Schrecken versetzt. Ich hatte eine Köchin, eine Haushälterin und einen Butler, der eine Zeit lang als Kammerdiener meines Vaters fungierte, aber die Anzahl der Bediensteten auf Carlyle Hall war geradezu einschüchternd. Sie wussten alles, was ich nicht wusste, ihre Manieren stellten meine in den Schatten, und ich wage zu behaupten, dass ein paar von ihnen besser gekleidet gewesen waren.«

Sie band die Bänder unter dem Kinn zu einer Schleife und zog ihre Handschuhe an, die ebenfalls auf dem Tisch lagen. »Das glaube ich keine Minute lang.«

Er sah sie mit gespieltem Unglauben an. »Haben Sie gesehen, wie viel Stärke im Hemd eines Butlers steckt, der für ein großes Herrenhaus zuständig ist? Damit könnte man die Themse eindicken.«

Sie lachte und informierte dann Moss über ihren Ausflug. Daniel hielt ihr die Tür auf und begleitete sie zu seinem Phaeton, einem schnittigen, schwarz lackierten Gefährt mit einem prächtigen Braunen.

Sie trat an das Gefährt heran und strich mit der Hand an der Seite entlang. »Ihr Fahrzeug ist prächtig. Aber wenn Sie sich beim Fahren unwohl fühlen, warum haben Sie es dann?«

Er stellte sich neben sie. »Weil ich es geerbt habe, und Aldridge hat mir versichert, es sei der letzte Schrei, einen Phaeton zu fahren. Meinen Sie, ich könnte darauf verzichten?«

Die Erwähnung von Aldridge hatte die Wirkung einer dunklen Gewitterwolke, doch Jocelyn würde sich von dem abscheulichen Mann diesen herrlichen Nachmittag nicht vermiesen lassen. Sie tat, als wäre sein Name gar nicht erwähnt worden. Und da er Daniel geraten hatte, den Phaeton zu behalten, war sie eigensinnig genug, um genau das Gegenteil zu behaupten. Außerdem stimmte es. »Jemand, der einen Mann nach seinem Fahrzeug beurteilt, ist des Kennens nicht wert. Solche Meinungen sind blödsinnig. Es würde mich nicht kümmern, wenn Sie einen zwanzig Jahre alten Landauer fahren würden.« Mit Absicht setzte sie einen ernsten Blick auf. »Es wäre mir egal, wenn Sie überhaupt nichts fahren würden.«

Er half ihr in den Phaeton, und seine Hand verharrte um ihre. »Sie haben gerade noch einmal belegt, wie kostbar Ihre Meinung ist. Ich werde noch einmal über den Phaeton nachdenken.« Ihre Blicke begegneten sich auf einer intimen Ebene und bestätigten die gegenseitige Bewunderung, die zwischen ihnen immer mehr Gestalt annahm.

Er drückte ihr die Hand, ehe er sie wieder losließ. Von seiner Aufmerksamkeit ermutigt, rutschte sie über den Sitz – aber nicht ganz bis auf die andere Seite –, während er neben ihr Platz nahm.

»Ich hatte vergessen, wie hoch wir sitzen würden«, sagte sie und blickte auf den weitentfernten Boden. Sie hoffte, dass er ein besserer Fahrer war, als er sagte.

Mit einem Schnippen der Zügel setzte sich das Gefährt sanft in Bewegung. Obwohl sie sich nicht berührten, saß er nahe genug an ihrer rechten Seite, dass sie seine Wärme spüren konnte. »Sind Sie schon einmal in einem Phaeton gefahren?«, wollte er wissen.

»Nur einmal, während meiner Saison.« Sie musterte sein Profil. Er war ausgesprochen attraktiv. »Ich habe versucht, mich an Sie in jener Zeit zu erinnern, doch es will mir nicht gelingen.«

»Weil ich vor zwei Jahren noch nicht in London war. Ich hatte den Titel einige Monate zuvor geerbt und war noch nicht für die Gesellschaft bereit.« Er blickte sie mit einem verschwörerischen Lächeln an. »Gleichwohl ich immer noch nicht sicher weiß, ob ich das jetzt bin.«

Er war zu hart zu sich. Zumindest lief er nicht mit einem Mundwerk herum, das seinem Verstand davonrannte. »Unsinn, Sie sind der Aufgabe sehr gewachsen, Mylord.«

Bevor sie in die Park Lane einbogen, brachte er den Phaeton zum Stehen. »Ich weiß Ihre Zuversicht zu schätzen. Wenngleich es eine Herausforderung gewesen ist. Die Leute glauben, dass ich, weil ich ein Konstabler war, der zum Adligen aufgestiegen ist, irgendwie … geringer bin.«

Sie verstand das Vorurteil, mit dem er sich konfrontiert sah. »Was lächerlich ist, weil Sie wahrscheinlich mehr Gutes getan haben, als die meisten von ihnen sich vorstellen können.«

Er warf ihr einen Seitenblick zu und die dunklen Augen loderten hell unter seiner Hutkrempe. »Sie vollbringen wundervolle Dinge für mein Selbstbewusstsein.«

»Irgendwie bezweifele ich, dass es in großer Gefahr ist. Dennoch applaudiere ich Ihnen dafür, dass Sie sich angesichts des Urteils der anderen durchkämpfen. Die Gesellschaft kann in ihren Annahmen überaus erschreckend sein.« Sie musterte ihn von ihrer Seite des Phaeton. »Was wären ihre Annahmen von mir gewesen? Wenn Sie welche getroffen hätten, was Sie, wie ich mir sicher bin, nicht getan haben.«

Er lenkte den Phaeton den Piccadilly entlang auf Hyde Park Corner zu. »Im Gegenteil. Ich hatte eine sehr falsche Annahme getroffen, als ich Sie am Abend unseres Kennenlernens auf der anderen Seite des Ballsaals gesehen habe. Ich hatte sofort angenommen, dass Sie verheiratet sein müssen. Eine wunderschöne junge Frau wie Sie musste das einfach sein.«

Seine Worte sandten eine köstliche Wärme über ihre Haut. »Sie haben mich auf der anderen Seite des Ballsaals gesehen?«

Der Blick, den er ihr zuwarf, nahm ihr den Atem. »Warum glauben Sie, sind Sie mir auf den Fuß getreten? Ich bin auf Sie zugekommen, um Sie abzufangen.«

Die Hitze fand einen Weg in ihr Inneres und ihre Wahrnehmung wurde geweckt. »Ich fürchte, ich hatte auf nichts geachtet.«

»Ich erinnere mich. Sie sind durch den Ballsaal gehastet, als ob es um ihr Leben ginge.«

Sie war Lady Aldridge gefolgt. »Ich fürchte, ich bin recht engstirnig, wenn ich mir einmal etwas in den Kopf gesetzt habe. Ich sehe nicht immer alles, was ich sehen sollte. Wie Ihren Fuß.«

Er schmunzelte. »Ich verstehe. Ich bin genauso, wenn ich einen Fall habe. Mein Vater sagte immer, ich könnte von meiner Arbeit verzehrt werden, wenn ich nicht aufpasse.«

»Und hatte er recht?«

»Ja. Es ist wahrscheinlich gut, dass ich aufgehört habe, um Viscount zu werden.« Er nickte sehr verhalten, als ob er einer inneren Konversation folgen würde, die sie nicht hören konnte. »So eng mit Verbrechern zusammenzuarbeiten fordert seinen Tribut.«

Seine Worte lösten einen unheimlichen Schauder an ihrem Hals aus. Sie bogen in den Park ein, der mit Kutschen und Fußgängern bevölkert war, da es beinahe fünf Uhr war.

»Ist es dann klug von Ihnen, an meinem Fall zu arbeiten?«, fragte sie.

»Das nehme ich an. Es ist schließlich nur ein Fall. Aber ich könnte aus der Übung sein. Bislang habe ich noch nichts zu berichten, fürchte ich.«

Sie lachte und hoffte, ihn damit zu beschwichtigen. Er war nicht wirklich enttäuscht über seine Fähigkeiten, oder doch? »Es ist erst ein Tag vergangen!«

»Ja, aber ich bin an schnelle Ergebnisse gewöhnt.« Er lächelte schief. »Ich habe Ihnen erzählt, dass ich mich in meiner Arbeit verlieren kann.«

Sie war von seiner Erfahrung fasziniert. Er war so anders als all die anderen Männer, die sie je getroffen hatte. »Wollen Sie mir davon erzählen?«

Er verlangsamte den Phaeton, nicht dass sie übermäßig schnell gefahren wären, und reihte sich in den Verkehr des Parks ein. »Es ist nicht gerade furchtbar aufregend.«

Mit der Handfläche tippte sie an seinen Ärmel. »Täuschen Sie mich nicht. Sie wollen darüber reden.«

Er grinste sie an. »Die ermittelnde Arbeit beinhaltet viele Gespräche mit einer Menge Menschen. Als Konstabler habe ich eine große Anzahl von Kontakten angehäuft. Ich habe einige davon aufgesucht, aber noch keine nützlichen Informationen erhalten. Das wird sich ändern, da bin ich zuversichtlich. Ich habe einige Burschen, die Erkundigungen für mich einziehen und dann – egal, dass muss schrecklich eintönig für sie sein.«

»Ganz und gar nicht. Ich finde es spannend.« *Wenn auch nur, weil es dabei um dich geht.* Sie wollte alles über ihn wissen, wie er sich von einer potenziell gefährlichen Tätigkeit abgewandt und seinen Titel begrüßt hatte. Moment, hatte er ihn begrüßt? »Sie sagen, es sei gut, dass Sie Viscount geworden sind. Glauben Sie das wirklich? Sie sagten, Sie seien nicht sehr gut darin, aber von allem, was ich gehört habe, sind Sie besser als der Durchschnitt. Sie tanzen gut, sie kutschieren ausgezeichnet und Sie sind ein weitaus unterhaltsamerer Gesprächspartner als die Gentlemen, dich ich während meiner Saison kennengelernt habe.«

»Und gab es da viele Gentlemen?« Er warf ihr einen forschenden Blick zu und kurz fragte sie sich, ob er eifersüchtig war. Wenn sie sich vorstellte, wie er mit anderen Damen sprach … war sie plötzlich *sehr* eifersüchtig.

»Nicht so viele. Ich hatte mein Debüt gerade erst zwei Wochen vor dem Raub.« Sie wollte nicht darüber nachdenken. Dies war der schönste Tag, an den sie sich seit langer Zeit erinnern konnte. Vielleicht jemals. Er drehte den Kopf zu ihr und sie spürte seinen Blick wie eine Liebkosung auf ihr lasten. »Ich bin froh.« Er beeilte sich, hinzuzufügen: »Über die Anzahl der Gentlemen, nicht den Raub.«

»Natürlich.«

»Es sollte mir leidtun, dass Ihre Saison auf diese Weise geendet hat, aber egoistisch wie ich bin, freue ich mich, weil es bedeutet, dass sie jetzt hier sind. Mit mir.«

Ihr Puls beschleunigte sich vor Erwartungsfreude. »Mylord, hoffen Sie darauf, mir den Hof zu machen?«

Seine blaugrauen Augen wurden eindringlich und verführerisch. »Das könnte ich. Wären Sie geneigt?«

Gleichwohl sie ihren Flirt überaus genoss, musste sie sich dennoch vergewissern, ob er es ernst meinte. Sie wollte sich nicht umsonst Hoffnungen machen. »Ich bin davon überrascht, Mylord. Ich dachte, mein Diebstahl meines Eigentums aus Lord Aldridges Besitz hätte Sie eher abgeschreckt.«

Seine Fäuste fassten die Zügel fester, was Jocelyn ihre eigenen angespannten Nerven zu Bewusstsein brachte, als sie auf seine Antwort wartete.

»Ich werde ehrlich sein. Das hat es. Aber ich verstehe auch, warum Sie es getan haben. Ihre Bereitschaft, die Dinge zurückzugeben, falls Lord Aldridge sich als unschuldig erweist, ist ehrbar und ich respektiere Sie dafür.«

Ihr wurde leicht ums Herz. »Danke. Gleichwohl es recht schwierig sein wird, sie herauszugeben, da sie mir gehören«, antwortete sie, womit sie halb versuchte, ihn zu provozieren. Seine Aufmerksamkeit war allerdings auf einen Gentleman gerichtet, der etwas links vom Weg stand: Lord Aldridge.

Sie straffte die Schultern und stählte sich gegen seine verhasste Anwesenheit. Sie empfand wirklich nichts als Abscheu für diesen Mann, denn sie glaubte nicht einen Augenblick, dass er möglicherweise unschuldig sein könnte.

»Carlyle!«, rief Aldridge. Sein Blick schnellte zu Jocelyn und sie übersah die tiefen Furchen nicht, die sich von seinem Mund ausbreiteten, ehe er sich zu einem Lächeln zwang. »Miss Renwick.«

Daniel lenkte den Phaeton nach links und hielt neben Aldridge an. »Ein herrlicher Tag«, meinte Daniel. »Wo ist Lady Aldridge?«

Aldridge nickte zu einem grasbewachsenen Bereich neben dem Weg. »Sie plaudert mit Freunden.«

Der Earl stand etwa zehn Schritte entfernt und das war nahe genug, dass Jocelyn wünschte, auf der anderen Seite der Kutsche zu sitzen. Ihr Blick wurde von seiner lavendelfarbenen Weste angezogen. Es war eine eher feminine Farbe und dann bemerkte sie, dass das Band seiner Taschenuhr, mit dem Ton harmonierte. Und dort, am Ende dieses Bands baumelte die handbemalte Taschenuhr ihres Vaters. Um einen besseren Blick zu erhaschen, beugte sie sich so weit vor, dass sie beinahe aus dem Phaeton gefallen wäre.

Daniel legte die Hand um ihre Taille und zog sie auf ihren Platz zurück. Wenn sie vom Anblick der Taschenuhr ihres Vaters an diesem niederträchtigen Lord Aldridge nicht so aufgeregt gewesen wäre, hätte sie sich über die

Intimität seiner Rettung gefreut. Stattdessen bemerkte sie: »Ich kam nicht umhin, Ihre Taschenuhr zu bemerken, Mylord. Was für ein einzigartiges Stück.« Ebenso einzigartig wie das Collier ihrer Mutter.

Aldridge schob den Finger am Band entlang und strich mit dem Daumen über das mit Glas eingefasste, ovale Elfenbein, das dem Collier so ähnlich war. »Das ist es in der Tat.«

»Ich muss einfach wissen, woher Sie –«

Daniel drückte sie mit der Hand um die Taille, was ein kitzelndes Gefühl an ihrer Seite aufsteigen ließ. Sie fuhr zusammen und drehte sich, um ihn anzusehen. Er sah sie mit einem dunklen, bedeutungsvollen Blick an, der besagte: »Hüten Sie Ihre Zunge.« Was ein ständiger Kampf für sie war. Mit großer Anstrengung machte sie den Mund zu und lächelte mit einer Heiterkeit, die sie nicht fühlte.

Aldridge zog die Brauen hoch, doch dann setzte er eine gutmütige Miene auf. »Wie schön, Sie zu sehen, Carlyle. Treffe ich Sie später im White's?«

»Wahrscheinlich. Richten Sie Lady Aldridge meine besten Wünsche aus.« Daniel fädelte den Phaeton wieder in den Verkehr ein. Als sie mehrere Meter entfernt waren, meinte er: »Sie können so nicht mit Aldridge reden. Insbesondere in der Öffentlichkeit nicht.« Er sprach mit leiser Stimme, doch seine Missbilligung tönte so laut wie Kirchengeläut.

Sie drehte sich ein wenig auf ihrem Platz, sodass sie ihn besser ansehen konnte. »Ich kann ihm keine einfache Frage stellen und er kann wiederum ungehobelt sagen, dass es schön war, Sie zu sehen, ohne meine Anwesenheit zur Kenntnis zu nehmen?«

Daniel warf ihr einen ungeduldigen Blick zu. »Was haben Sie von ihm erwartet, nach ihrem Betragen?«

»*Mein* Betragen? Sie sind derjenige, der mich in aller Öffentlichkeit unsanft behandelt hat.«

»Ich hatte etwas tun müssen, ehe Sie etwas vollkommen Unpassendes geäußert hätten. Seien Sie auf der Hut oder ich werde beim nächsten Mal eine Möglichkeit finden, Ihre Lippen zu beschäftigen.« Er heftete einen heißen, durchdringenden Blick auf sie.

Es war vielleicht das Einzige, was er hatte sagen können, um sie zum Schweigen zu bringen. Und es funktionierte perfekt. Jocelyn setzte sich auf ihren Platz zurück und richtete den Blick nach vorn, während sich die Hitze in ihrem Bauch sammelte. Nächstes Mal. Er wäre besser vorsichtig oder sie würde es sich zur Lebensaufgabe machen, Aldridge in aller Öffentlichkeit auszufragen. Ein Kuss, öffentlich oder anderweitig, von Daniel wäre jeden Preis wert.

Sie warf einen Seitenblick auf seinen Mund. Er war sehr hübsch, mit einer üppigen Unterlippe, die sie plötzlich in ihrer Fantasie mit ihren Zähnen beknabberte. Gott im Himmel, sie war schamlos. Was war nur los mit ihr?

Sie hatte gehofft, jemanden zu finden, doch dieses Maß an Anziehung war eine Überraschung. Eine sehr willkommene und berauschende Überraschung.

Er lenkte den Phaeton einen anderen Weg entlang in Richtung Grosvenor Gate. Es schien, als sei ihre Fahrt fast vorbei. Sie bedauerte ihre übereifrige Zunge. Hatte sie ihn gänzlich vertrieben? Sie stahl sich einen weiteren Blick in seine Richtung und erschrak, als sie erkannte, dass seine Augen auf sie geheftet waren, wie die einer Katze auf der Jagd nach einem Vogel. Doch anders als der Vogel, verspürte sie keinerlei Wunsch, davonzufliegen.

»Wo werden Sie heute Abend sein?«, fragte er, und seine raue Stimme – es mangelte ihr an der kultivierten Eigenheit der meisten Londoner Gecken, wie sie endlich erkannte – glitt über sie hinweg wie Sahne über einen heißen Scone.

»Daheim.« Unfähig, den Blick von seinem magnetischen Starren loszureißen, sah sie ihn an. »Mrs. Harwood geht nicht gern jeden Abend aus.«

Er blinzelte, womit er den Zauber zwischen ihnen abschwächte, ohne ihn jedoch ganz zu brechen. »Schade, da ich Sie dann nicht bitten kann, wieder mit mir zu tanzen.«

Beinahe hätte sie vor Erleichterung aufgeatmet. Sie hatte ihn also nicht verloren. Wenn er ihre abtrünnige Zunge tolerieren konnte, müsste sie ihn womöglich auf der Stelle heiraten. Vorausgesetzt, natürlich, er fragte sie. Wie gewöhnlich übereilte sie die Dinge in Gedanken.

»Morgen werden wir bei den Pellinghams sein«, verriet sie ihm.

»Ausgezeichnet. Ich werde Sorge dafür tragen, ebenfalls dort zu erscheinen. In der Zwischenzeit werde ich meine Nachforschungen fortsetzen und Sie über die Entwicklungen auf dem Laufenden halten.«

»Danke.«

Abermals verfielen sie in Schweigen, als sie den Park verließen. Als sie in die Hertford Street einbogen, fand sie den Mut – was an sich schon bemerkenswert war, denn sie hatte normalerweise nie Schwierigkeiten, den Mund zu öffnen - um zu fragen: »Haben Sie gemeint, was Sie vorhin gesagt haben? Darüber, meine Lippen zu beschäftigen?«

Er brachte den Phaeton vor ihrem Stadthaus zum Stehen. »Ich habe das nicht nur gemeint, sondern ich würde es als Enttäuschung erachten, wenn ich die Chance nicht bekäme.«

KAPITEL 7

Ohne Hoffnung darauf, Jocelyn heute Abend zu sehen – ihm kam vage zu Bewusstsein, dass er dazu übergegangen war, sie in Gedanken beim Vornamen zu nennen – und aufgrund seines halben Versprechens, Aldridge bei White's zu treffen, stieg Daniel die Stufen zum St. James Street Club hinauf. Es war solch ein belebender Nachmittag gewesen, trotz ihres Fehltritts. Er zählte bereits die Minuten bis zu ihrem Tanz. Und vielleicht etwas mehr.

Verdammt, aber ein Viscount zu sein erschwerte die Dinge sehr. In seinem alten Leben wäre er inzwischen in der Lage gewesen, sich einen Kuss zu stehlen – oder mehrere. Er vermutete, er hätte es gestern in ihrem Stadthaus tun können. Allerdings war der Zeitpunkt überaus ungünstig gewesen. Er war nicht die Art von Mann, der eine Frau küsste, nachdem ihr Haus ausgeraubt worden war.

Ein Diener öffnete die Tür und Daniel trat ein. Der Innenraum war mit bedeuteten, wohlhabenden und privi-

legierten Männern angefüllt. Männer, mit denen Daniel
sich kaum wohlfühlte. Hier im White's zu sein, inmitten all
dieser Tradition und des Pomps war anfangs sehr
einschüchternd gewesen, doch inzwischen war es nur …
notwendig. Wenn er ein einflussreiches Mitglied im House
of Lords sein wollte, musste er an all dem Drumherum
teilnehmen, das mit seiner Existenz als Lord verbunden
war. Es war nicht so, dass er die politischen Diskussionen
nicht genoss, an denen er sich hier oft beteiligte, insbesondere wenn er bei jemandem auf offene Ohren für die
Notwendigkeit einer Polizeireform stieß oder die bekla-
genswerten Zustände in den Londoner Gefängnissen,
insbesondere den »Hulks«, die auf der Themse
schwammen und Tausende Gefangene in ihren schmut-
zigen Tiefen beherbergten. Nein, es war alles andere, das
seine Geduld strapazierte – das Wettbuch, das Spielen, das
übermäßige Trinken. Während seiner Tage als Konstabler
hatte er genug von dieser Art Benehmen gesehen, und bei
weit besseren Säufern als diesen Möchtegerntrinkern.

Aldridge winkte ihm von einem Tisch auf der anderen
Seite des Zimmers zu. Daniel ging zu dem Mann hinüber,
der ihm in den letzten beiden Jahren so ein guter Freund
und Vertrauter gewesen war. Nie hätte er den Übergang
vom Konstabler zum Viscount ohne seine Hilfe bewältigen
können. Und jetzt musste er die Möglichkeit akzeptieren,
dass der Mann ein Verbrecher sein könnte. Er schüttelte in
Gedanken den Kopf. Nein, das konnte nicht möglich sein.
Aldridge hatte vielleicht keine Ahnung gehabt, dass die
Dinge gestohlen waren. Schlimmstenfalls hatte er
Diebesgut erworben und er hatte sich geweigert, dies vor
Jocelyn zuzugeben, weil er sich geschämt hatte, dass er
erwischt worden war.

Doch was war mit der Taschenuhr, die er heute trug?

Wenn er sich wirklich schämen würde, musste Daniel annehmen, dass er die Taschenuhr entweder an Jocelyn zurückgab oder sie zumindest versteckte. Stattdessen hatte er sie überdeutlich zur Schau getragen.

»Carlyle, ich habe das Übliche bestellt.« Eine Flasche eines zehnjährigen Highland Whiskeys stand mitten auf dem Tisch. Aldridge schenkte ihm ein Glas ein. »Schön, Sie zu sehen.«

Daniel setzte sich und nahm das Glas entgegen. »Danke.« Er nahm einen Schluck, und kostete das rauchige Aroma, als der Whiskey durch seine Kehle floss. Als Konstabler hätte er sich solch einen Luxus nie erlauben können. Ganz eindeutig hatte der Adelsstand seine Vorteile.

Aldridge nippte an seinem Whiskey. »Sie wissen, dass ich Sie stets gut angeleitet habe?«

»Gewiss, und ich bin für Ihre Hilfe dankbar.«

Aldridge nickte lebhaft. »Bestimmt, mein Junge, bestimmt. Es gibt keinen einfachen Weg, das Folgende zu sagen, also verzeihen Sie mir meine Unverblümtheit. Miss Renwick würde eine absolut akzeptable Frau für Sie sein, wenn Sie Konstabler Daniel Carlyle wären. Allerdings sind Sie jetzt Viscount Carlyle, ein Lord des Königsreichs. Sie sollten Ihre Ansprüche weit höher ansetzen. Das *müssen* Sie sogar.«

Es kam keineswegs überraschend für ihn, dass Aldridge ihn von Jocelyn ablenken wollte. Wenn die Dinge mit ihr vorankämen, hatte er nicht die blasseste Ahnung, wie sich die Dinge mit dem Earl entwickeln würden. Und er wollte nicht den einen vor dem anderen wählen müssen. Wenn Aldridge allerdings irgendwie in den Diebstahl von Jocelyns Dingen verstrickt war oder er sich weigerte, sie als Jocelyns rechtmäßigen Besitz anzuerkennen, würde Daniel

Schwierigkeiten haben, ihre Freundschaft aufrechtzu-
erhalten.

Er stellte sein Glas auf den Tisch, doch hielt es am
Ansatz weiter zwischen den Fingern. »Ist es wirklich von
Belang, wen ich heirate, vorausgesetzt, sie ist keine Ausge-
stoßene?«

»Absolut«, antwortete Aldridge, dessen Blick von
wilder Entschlossenheit zeugte. »Es ist von äußerster
Wichtigkeit. Sie brauchen eine Frau, die einen Haushalt
leiten und Gastgeberin gesellschaftlicher Ereignisse sein
kann, und die imstande ist, es Herzögen behaglich zu
machen.«

»Sie wissen nicht, ob Miss Renwick irgendwelche
dieser Dinge tun kann oder nicht.« Das wusste auch
Daniel nicht, aber er vermutete, dass sie das konnte, und
zwar gut.

Aldridge beugte sich vor und verschränkte die Unter-
arme auf dem Tisch, als er sein Whiskeyglas zwischen die
Hände nahm. »Nun, ich will Ihnen sagen, was ich weiß:
Während ihrer Saison vor zwei Jahren war sie sofort als
problematisch abgestempelt worden. Mit einem unverschämten Mundwerk und einer koketten Natur hatte sie
sich schnell einen Ruf als ein ... lockeres Weibsbild einge-
handelt.«

All dies sollte sie in zwei Wochen zustande gebracht
haben? Daniel hatte von Aldridge erwartet, sein wach-
sendes Interesse an Jocelyn zu missbilligen, doch auf
offene Feindseligkeiten war er nicht gefasst gewesen. »Ich
muss annehmen, dass Sie übertreiben«, sagte er leise, doch
mit einer gewissen Schärfe.

Aldridge setzte sein Glas ab und gestikulierte mit den
Händen, wie es seine Gewohnheit war, wenn er in eine
Unterhaltung verwickelt war, die ihm sehr am Herzen lag.

»Ich sage Ihnen nur die Wahrheit. Wenn Sie sie heiraten, werden viele geringer von Ihnen denken und es wird schwierig für Sie werden, die Veränderungen herbeizuführen, die Sie sich wünschen. Ich weiß, wie sehr Sie sich engagieren, eine wahre Polizeimacht aufzubauen und wie viel Ihnen daran liegt, die Zustände in unseren Gefängnissen zu verbessern. Sind Sie bereit, diese Vorhaben für eine Frau aufzugeben, deren Tugend zweifelhaft ist?«

Daniels Nackenhaare stellten sich auf und er packte das Whiskeyglas wie eine Waffe. »Vorsicht. Ich werde Ihnen nicht gestatten, den Ruf einer Unschuldigen zu beflecken.«

»Carlyle, wie gut kennen Sie diese junge Frau? Sie haben sie gerade erst kennengelernt. Ich weiß aus sicherer Quelle, dass sie in London nach einem Ehemann suchte, weil sie in Kent von jemandem sitzengelassen wurde. Jemandem, mit dem sie bereits intim war.«

Seine Empörung in ihrem Namen drohte ihm aus Mund zu sprudeln, doch er behielt sich unter Kontrolle. Mit einer Fassung, die er nicht verspürte, nahm er einen ordentlichen Schluck. Als die feurige Hitze in seinem Magen angelangte, ließ er sein aufwallendes Temperament von der Wärme beruhigen. »Wie können Sie so etwas wissen?«

»Lady Margaret Rutherford hat unfehlbare Informationen über jeden.«

Lady Margaret war die gefürchtetste Klatschtante Londons und vielleicht ganz Englands. Sie war eine Jungfer mit einem mutmaßlichen Netzwerk von Informanten, die wahrscheinlich seinem eigenen Konkurrenz machen konnten. Ihr *Klatsch* wurde in der Regel als wahr akzeptiert, selbst wenn die Mehrheit an maliziös grenzte.

Aldridge nahm seinen Whiskey in die Hand und trank den Rest aus. Dann griff er nach der Flasche und schenkte sich noch ein weiteres Glas ein. »Ich bitte Sie nur, auf meinen Rat zu hören. Wir kennen uns nun schon eine Weile und ich habe nur Ihre besten Interessen im Sinn. Ich würde nur ungern sehen, dass Sie meinen Rat ignorieren – der einzig aus meiner Sorge um Ihr Wohlergehen herrührt – und die Folgen zu erleiden haben.«

Daniel konnte die eindringliche Bitte des Mannes nicht ignorieren. Er kannte den Earl weitaus besser als Jocelyn. Und er musste zugeben, dass sie eine kecke Zunge besaß. Den Beweis davon hatte er gerade erst heute Nachmittag gesehen. Konnte der Rest wahr sein? Er bezweifelte es. Und noch wichtiger, es war egal, zumindest für ihn. Allerdings erkannte er auch, dass er nicht der Viscount sein konnte, der er sein wollte, wenn er eine Frau heiratete, die verpönt würde. Darüber hinaus hatte er sie beim Stehlen erwischt. Es war unwichtig, dass sie Dinge gestohlen hatte, die sie für die ihren hielt. Sie hatte das Gesetz zu ihren Gunsten gebeugt.

Sein Inneres zog sich zusammen. Hatte er das Gesetz nicht bei unzähligen Gelegenheiten gebeugt? Er wusste, dass Odette und seine anderen Informanten Kriminelle waren und er hätte jeden Tag um ihre Verhaftung ersucht haben können. Doch das hatte er nicht getan. Er hatte akzeptiert, dass er ein bisschen Unrecht zulassen musste, um viel Gerechtigkeit zu bewirken. Wie unterschied sich das von ihren Handlungen?

»Mylord?« Ein Diener war an ihren Tisch getreten und unterbrach Daniels Selbstgespräch. »Ich habe eine dringende Nachricht für Sie.« Er übergab Daniel ein gefaltetes Schriftstück.

Stirnrunzelnd nahm Daniel das Schreiben aus der behandschuhten Hand des Dieners. »Danke.«

Er klappte den Briefbogen auf und las die hastig hingeworfenen Zeilen.

Bitte kommen Sie sofort.

   Jocelyn

Er stand rasch auf und hätte dabei beinahe seinen Stuhl umgeworfen. Jocelyn mochte vielleicht nicht die richtige Viscountess sein, doch er empfand bereits stärker für sie, als er je für eine andere Frau empfunden hatte. »Bitte entschuldigen Sie mich.«

Aldridge stand ebenfalls auf. »Was ist los? Kann ich behilflich sein?«

»Nein, ich muss gehen. Ich werde über Ihren Rat nachdenken.« Sein Herz pochte und seine Muskeln spannten sich an und wurden hart. Er schaffte es gerade noch, den Club ruhigen Schrittes zu verlassen.

❧

Jocelyn ging in der kleinen Eingangshalle hin und her, als sie auf Daniels Eintreffen wartete. Ihre Gedanken schweiften von dem oben Vorgefundenen zu der Begegnung mit Aldridge im Park bis zu dem heiteren Flirt, den sie mit Daniel geführt hatte. Ihr wurde warm bei dem Gedanken, dass sie ihn heute Abend sehen würde und aus diesem Grund allein war sie froh, dass sie auf den Hinweis gestoßen war.

Ein scharfes Klopfen riss sie aus ihrer Gedankenwelt. Sie eilte zur Tür und öffnete sie weit.

Das Licht von der Eingangshalle erleuchtete Daniels Gesicht – seine dunklen blaugrauen Augen, sein starkes, kantiges Kinn und diese Unterlippe, an der sie immer noch knabbern wollte.

Er trat sofort über die Schwelle und schloss die Tür hinter sich. »Wo ist Moss?« Seine Stimme klang beunruhigt.

Als sie die Sorge in seinem Tonfall heraushörte, erstarb das Lächeln, das sich auf ihren Lippen geformt hatte. »In der Küche mit Mrs. Moss. Ich habe ihm gesagt, ich würde die Tür öffnen.«

Er schaute stirnrunzelnd zu ihr herab. »Glauben Sie, das ist klug, angesichts dessen, was hier passiert ist? Ich möchte nicht, dass Sie das noch einmal tun.«

Dass er sich so um ihr Wohlergehen sorgte, wärmte sie bis tief in ihre Seele. Ihr Lächeln kehrte zurück. »Das werde ich nicht. Ich verspreche es.«

»Aber es geht Ihnen gut?« Er legte die Hände auf ihre Schultern und strich langsam über ihre Arme zu ihren Ellbogen, die er sanft umfasste.

Seine Berührung veranlasste sie, näher zu ihm zu rücken. »Es geht mir gut.«

Wieder runzelte er die Stirn. »Ihre Nachricht hätte das ausdrücken können. Ich habe mir Sorgen gemacht.«

O Grundgütiger. Sie hatte diese Nachricht an ihn rasch verfasst, ohne nachzudenken. Sie hätte hinzufügen sollen, dass sie auf einen Hinweis gestoßen war. Doch seine Fürsorge fühlte sich so gut an, dass sie perverserweise froh war, das nicht getan zu haben. »Es tut mir leid. Nächstes Mal werde ich mich deutlicher ausdrücken.« Sie grinste ihn an. »Ich habe ein Beweismittel gefunden! Kommen Sie!«

Sie drehte sich um und ohne nachzudenken, nahm sie ihn bei der Hand und führte ihn die Treppe hinauf. Als er ihr nicht folgte, blieb sie stehen und drehte sich um. Sein Blick war auf ihre verschlungenen Hände gerichtet. Dann schien er wieder zu sich zu kommen und trat auf die Treppe zu. Ein glückliches Lächeln unterdrückend, führte sie ihn nach oben zu ihrem früheren Schlafzimmer.

Auf der Türschwelle blieb er wieder stehen und ließ zu

ihrer Enttäuschung ihre Hand los. »Wo ist Mrs. Harwood?«

Jocelyn trat ein, doch er blieb an der Tür stehen. »Sie ist bereits zu Bett gegangen.« Zauderte er aus Gründen der Schicklichkeit? »Kommen Sie und sehen Sie. Ich habe ein Messer unter dem Bett gefunden.«

Eilig gesellte sich Daniel zu ihr und kniete sich am Ende des Himmelbettes auf den Boden, wo sie stand.

Sie bückte sich ebenfalls, um sich neben ihn zu knien. »Ich bin hergekommen, um meine letzten Sachen in das neue Zimmer zu schaffen, und dann habe ich etwas unter dem Bett aufblitzen sehen. Es handelte sich um eine Messerklinge.«

Er griff unter das Bett und zog die Waffe hervor, um sie in das Licht der Lampe zu halten, die sie auf der Kommode abgestellt hatte. Er stand auf, und sie trat neben ihn, um die Waffe zu betrachten. Die Klinge war vielleicht fünfzehn Zentimeter lang, aber der Griff war der wirklich bemerkenswerte Teil. Er hatte die Form eines Drachens, mit Augen aus roten Juwelen und einem Schwanz, der zu einem Griff gebogen war.

»Es ist so ungewöhnlich«, meinte sie. »Ich habe die Dienstboten befragt, als ich es gefunden hatte. Nan sagte, sie hätte hier saubergemacht, als die Diebe hereingekommen sind und sie die Treppe hinuntergezerrt haben. Sie glaubt, einer von ihnen könnte das Messer vielleicht fallen gelassen haben.«

Daniel runzelte die Stirn beim Anblick der Waffe. »Ich kenne dieses Messer. Es gehört einem Mann, den ich vor mehreren Jahren verhaftet habe, Nicky Blue. Ich werde gehen und ihn umgehend aufsuchen.« Er drehte sich um, als ob er wirklich *umgehend* meinte.

Sie umrundete ihn eiligst, um ihm den Ausgang zu

versperren. »Moment! Wohin wollen Sie? Darf ich Sie begleiten?«

Er runzelte die Stirn und sein Blick war sehr finster geworden. »St. Giles, und Himmel, nein. Entschuldigen Sie bitte meine Ausdrucksweise. Es ist kein angemessener Ort für eine Dame, insbesondere nicht zu dieser Stunde.«

St. Giles? Sogar sie wusste, dass es eine der schlimmsten Gegenden in ganz London war. »Ich werde mich um Ihre Sicherheit sorgen.«

Seine Gesichtszüge wurden ein wenig weicher, doch dann wandte er den Blick von ihr ab. »Nein, ich fühle mich dort sehr wohl und niemand wird mich belästigen. Man weiß dort, dass ich Konstabler bin – oder war.«

Ja, heute Abend stimmte ganz eindeutig etwas nicht. Und so, wie sie war, konnte sie das nicht einfach nicht auf sich beruhen lassen. »Sind Sie immer noch wütend auf mich, wegen dem, was ich vorhin zu Lord Aldridge gesagt habe? Es tut mir leid, aber es war einfach so erschütternd, die Taschenuhr meines Vaters an ihm zu sehen. Insbesondere, da ihm bekannt ist, dass ich darüber Bescheid weiß, dass er meine Sachen hat.«

»Nein, ich bin nicht verärgert.« Erneut trafen sich ihre Blicke und sie konnte sehen, dass er die Wahrheit sagte. Er war nicht wütend, aber er war *irgendetwas*.

»Wird dieses Messer mir helfen, meine Taschenuhr zurückzubekommen?«

»Vielleicht.« Daniel nahm ihre Hand – vielleicht war ja doch alles in Ordnung – und versicherte ihr: »Keine Sorge. Ich werde nicht zulassen, dass Sie noch einmal belästigt werden. Bow Street behält Ihr Haus im Auge.«

Sie schlang die Finger um seine und wollte ihn so lange wie möglich bei sich behalten. Bow Street war schön und gut, aber er war besser. »Wirklich?«

»Ja.«

»Danke.« Sie rückte ein wenig näher an ihn heran und legte die andere Hand auf seinen Oberarm. «Ich weiß nicht, was ich getan hätte, wenn ich Sie nicht kennengelernt hätte. Es ist schon so lange her, dass jemand sich meiner Belange angenommen hat.« Da wusste sie, dass sie ihn nicht ohne den Kuss gehen lassen konnte, der seit gestern zwischen ihnen schwelte.

Sie stellte sich auf die Zehenspitzen und beobachtete, wie er sie ansah. Seine Augen waren dunkel, undurchschaubar. Dann schloss sie die Augen und legte ihre Lippen auf die seinen. Er war weich und warm, und das Verlangen durchzuckte sie, klar und heiß.

Sie legte eine Hand auf seine Schulter und schlug die Augen auf. Sein Blick war immer noch dunkel, aber seine Lider hatten sich gesenkt und gaben ihm einen tiefen, verführerischen Ausdruck. Ihr Puls beschleunigte sich.

»Jocelyn«, raunte er. Es war keine Frage, sondern eine Warnung, als wolle er sich selbst stoppen.

Doch das sollte er nicht, wenn es nach ihr ginge.

Sie schmiegte ihre Hand um seinen Nacken und neigte ihren Kopf zur Seite. Noch einmal schloss sie die Augen und küsste ihn.

Diesmal legte er die Hände um ihre Taille und zog sie an seinen Oberkörper. Mit merklichem Druck streifte er mit seinen Lippen über ihre. Wenngleich er beim ersten Mal zugelassen hatte, dass sie ihn küsste, übernahm er jetzt die Kontrolle. Sie hielt seinen Kopf fest, als ob ihr Leben davon abhinge, und vielleicht tat es das auch. Noch nie hatte sie ein so köstliches Gefühl empfunden, eine solche Hitze, die jeden Teil von ihr durchströmte. Der Kontakt seines Oberkörpers mit ihren Brüsten war neu, aber so aufregend. Sie fragte sich, wie es sich anfühlen würde, wenn nichts zwischen ihnen wäre.

Dann lenkte er ihre Gedanken völlig ab, indem er mit

seiner Zunge über ihren Mundwinkel leckte. Instinktiv teilte sie die Lippen, und er drang in sie ein. Oh. Das ... Sie war perplex. Er war ganz warm, und wie Samt und Glückseligkeit. Gott sei Dank stützte er sie, denn sonst wäre sie zu Boden gesunken.

Er liebkoste ihren Mund mit der Zunge und verlockte sie zu einem Tanz mit ihm. Vorsichtig tippte sie seine Zunge mit ihrer an. Er deckte seinen Mund über ihren und zeigte ihr, wie sie ihn ebenso ausführlich und köstlich küssen konnte, wie er sie küsste. Sie hätte nie gedacht, dass es so schön sein könnte. So bezaubernd.

So *perfekt*.

Er ließ seine Hand an ihrem Rückgrat hinaufwandern und umfasste erst ihren Nacken und dann ihren Kopf. Seine andere Hand legte sich um ihre Hüfte und presste ihr Becken an ihn. Wegen des Größenunterschieds zwischen ihnen spürte sie die Härte seiner Erregung an ihrem Bauch. Sie reckte sich auf den Zehenspitzen stehend höher und versuchte, sich an ihn zu schmiegen, um das Bedürfnis zu stillen, das zwischen ihren Schenkeln erwacht war.

Er löste den Mund von ihrem, und dann streute er Küsse auf ihre Wange und Hals. Sie warf den Kopf in den Nacken, als seine Lippen sich einen Weg zu ihrem Schlüsselbein bahnten. Seine Hand glitt von ihrer Hüfte über ihren Brustkorb hinauf, bis sie auf die Unterseite ihrer Brust traf. Es war, als würde diese Berührung jedes Empfindungsvermögen in ihr erwecken. Ihre Brüste fühlten sich empfindsam an und kribbelten erwartungsvoll. Sie wollte mehr.

Zum Glück erfüllte er ihren Wunsch. Seine Hand legte sich um ihre Brust. Dann strich er mit dem Daumen über ihre Brustwarze. Trotz der Kleidungsschichten, die ihre Haut von der seinen trennte, empfand sie seine Berührung, als würden sie sich Haut an Haut berühren. Auf einmal konnte sie seinen Mund am oberen Rand ihres Mieders fühlen. Er schob ihre Brust hoch und über den Saum des Kleides hinaus, während seine Lippen an ihrer Haut saugten. Sie konnte das Stöhnen nicht verhindern, das aus ihr herausbrach. Wann war sie nur ungemein lüstern geworden?

Dann brachte er seinen Mund zum Stillstand und sein Griff um ihren Nacken lockerte sich. Da er sie nun weniger stützte, kam sie wieder auf die Füße, was eine kalte Distanz zwischen ihnen schuf. Sie öffnete die Augen und sah verwirrt zu ihm auf.

»Warum hast du aufgehört?« Sie klang so atemlos und erregt, wie sie sich fühlte.

Er vergewisserte sich, ob sie ohne Hilfe aufrecht stand und dann trat er einen Schritt zurück. Er legte die Finger an seinen Mund. Gott, bereute er es, sie geküsst zu haben? Nein! Das wollte sie nicht. Sie bewegte sich vorwärts, aber er wich nur einen weiteren Schritt zurück. Seine Augen waren auf einen tiefen Punkt rechts von ihr gerichtet, und er hatte die Mundwinkel herabgezogen. Verführerische Mundwinkel, die sie immer wieder küssen wollte.

»Ich muss gehen«, sagte er und drehte sich weg.

»Daniel, warte.« Sie bekam seinen Ellbogen zu fassen, ohne sich darum zu kümmern, wie ihre Handlung wirken mochte. »Ich möchte nicht, dass du gehst.«

Darauf schaute er sie an, doch sein Blick war undurchdringlich. »Das muss ich, da wirst du mir zustimmen müssen. Ich werde dir Bescheid geben, was ich über das Messer in Erfahrung bringen kann. Gute Nacht.« Und damit verließ er sie.

Einige Minuten lang starrte Jocelyn auf die offene Tür, während ihr Körper und ihre Gefühle abkühlten. Warum hatte er sich in diesem Moment zurückgezogen? Er hatte ihre Umarmung ebenso genossen wie sie. Und erst recht glaubte sie, dass sie einander zumindest sehr gern hatten. In Wahrheit empfand sie vielleicht sogar ein bisschen stärker als das.

Niedergeschlagen schob sie ihr Mieder zurecht. Dann machte sie sich mit bleiernen Füßen auf den Weg in ihr neues Schlafzimmer.

KAPITEL 8

In der Mietdroschke auf dem Weg nach St. Giles schimpfte Daniel mit sich selbst in jeder erdenklichen Weise, die ihm einfiel. Was zum Teufel hatte er sich dabei gedacht, sie so zu küssen? Sie war nicht irgendeine Frau, die er in einem Bordell aufsuchte, oder eine Witwe, mit der er nach einem Ale im Pub in der Nachbarschaft noch ein wenig Zeit verbrachte. Sie war Miss Renwick. Eine geschätzte, tugendhafte junge Frau aus guter Familie.

Nun musste er sich allerdings fragen, ob sie wirklich das war, was Aldridge von ihr behauptete.

Er hatte kaum glauben können, was Aldridge im White´s über sie gesagt hatte, doch dann hatte sie ihn geküsst. Davon hatte er sich mitreißen lassen, und sie hatte es erlaubt. Sein Glauben in sie war mehr als erschüttert.

Trotzdem ließ er während der gesamten Fahrt ihren Kuss in seiner Erinnerung immer wieder aufleben: den Geschmack ihres Mundes, das Gefühl ihres Körpers, den Klang ihres Stöhnens. Er schaffte es gerade noch, seinen

Schaft nicht aus der Unterwäsche zu befreien, und das Werk zu vollenden, das sie begonnen hatten.

Stattdessen bemühte er sich, seine Gedanken auf die Fahrt nach St. Giles zu konzentrieren, ein Elendsviertel, das so verdorben war, dass kein vernünftiger Polizist es nachts je betreten würde. Es sei denn, er hatte, wie Daniel, jahrelang für beide Seiten vorteilhafte Beziehungen aufgebaut.

Allerdings hatte er mit Nicky Blue, der so boshaft und ungesetzlich war, wie nur möglich, keine derartige Beziehung gepflegt. Es hatte Daniel große Genugtuung verschafft, den Mann hinter Gittern zu sehen, wenn auch nur für eine kurze Zeit. Dass Nicky sich hilfsbereit zeigen würde, bezweifelte Daniel, jedoch hoffte er, dass er durch die Rückgabe seines kostbaren Messers zumindest etwas entgegenkommender wäre. Daniel würde es zudem deutlich zum Ausdruck bringen, dass er es nicht auf Nicky abgesehen hatte – es sei denn, Nicky hätte auf eigene Faust gehandelt. Es würde Daniel den Magen umdrehen, eine solche Zusage zu machen, doch es war diese Art von Übereinkunft, die es ihm ermöglichen würde, das gewünschte Ziel zu erreichen. In diesem Fall wäre es die Person, die hinter dem Diebstahl von Jocelyns Sachen steckte.

Es ging auf elf Uhr zu, und das hieß, dass Nicky in einem Bordell sein musste, um zu trinken und entweder ein Opfer ins Auge zu fassen oder auf eine spätere Stunde zu warten, um die von ihm geplante Tat zu begehen. Die Frage war nur, in welchem Bordell. Daniel würde sich zuerst den Außenbezirk von St. Giles vornehmen und dann weiter zum Kern vordringen.

Fast zwei Stunden später war er in sechs Bordellen gewesen und hatte seine Zielperson noch nicht gefunden. Doch das frustrierte ihn nicht. Es war das Leben eines

Konstablers auf der Jagd. Allerdings war er kein Konstabler
mehr.

Was zum Teufel dachte er sich nur dabei, Diebe zu
jagen?

Jemandem zu helfen, der ihm am Herzen lag.

In diesem Moment ging ihm auf, dass Jocelyn ihm am
Herzen lag. Vielleicht hatte sie heute Abend weit mehr
zugelassen, ja sogar dazu eingeladen, als eine durchschnitt-
liche junge Dame das getan hätte oder hätte tun sollen,
aber er war froh darüber. Wie sollte ein Mann mit seinem
Hintergrund mit einer einfältigen jungen Dame der feinen
Gesellschaft zurechtkommen?

Was sie vielleicht zu einem perfekten Pärchen machte.
Eine Verbindung, die er, wie er zugeben musste, ersehnte.
Er konnte sich vorstellen, sie zu heiraten, und fing sogar
an, ernsthaft darüber nachzudenken. Er mochte ihren
temperamentvollen Geist – und sogar ihr keckes Mundwerk – und ihre Intelligenz. Dass sie eine warmherzige
Frau war, die sich nicht scheute, ihre eigenen Wünsche zu
verwirklichen, machte sie nur noch attraktiver. Außerdem
wollte er ihr vertrauen. Sie war ehrlich zu ihm gewesen, als
sie ihm gestanden hatte, ihren Schmuck von Lord Aldridge
wiederbeschafft zu haben. Daniel konnte erkennen, dass
sie diese Tat nur begangen hatte, weil sie sich nicht anders
zu helfen gewusst hatte. Sie hatte sich an einen Anwalt
gewandt, um das Problem legal zu lösen, und als dieses
Vorhaben scheiterte, war sie verzweifelt gewesen. Ihre
Bereitschaft, die Dinge zurückzugeben, falls Daniel
herausfand, dass Aldridge sie rechtmäßig erworben hatte,
bewies die Gutmütigkeit ihres Herzens. Ein Herz, das
wahrscheinlich besser als sein eigenes war.

Er drang weiter in das Elendsviertel vor. Ab und an
entdeckte er ein bekanntes Gesicht, doch noch öfter sahen
ihn Fremde an, als wäre er ein schlachtreifes Schaf. Mit der

edleren Garderobe eines Viscounts ausgestattet, anstatt seiner früheren, schlichteren Kleidung, sah er wahrscheinlich wie ein leichtes Angriffsziel für die Bewohner von St. Giles aus. Sie würden eine Überraschung erleben, wenn sie versuchten, ihn zu berauben. Er würde das Messer aus seinem Stiefel ziehen und es im Nu an ihren Hals halten.

Er betrat das nächste Bordell auf seiner geistigen Liste, das Crystal. Mit funkelnden Lampen und Blumentapete dekoriert, war es darauf ausgelegt, betuchte, waghalsige Gentlemen für eine Nacht der Sittenlosigkeit in der »Gosse« anzulocken. Er hatte Nicky ein oder zweimal hier drin gesehen, aber noch wichtiger war, dass er hier einige von Nickys Kumpanen getroffen hatte, und vielleicht wären sie bereit, ihn aufzuspüren – gegen ein Entgelt natürlich.

Der Innenbereich war mit Spieltischen bestückt, die um diese Zeit größtenteils besetzt waren. Dazwischen bewegten sich Frauen, die allesamt ihre Ware an den Mann zu bringen suchten, allerdings auf eine subtilere Art als auf der Straße. Daniel durchsuchte den Raum und sah sich nach einem vertrauten Gesicht um. Er hielt inne, sobald sein Blick die hintere Ecke erreicht hatte. Wandleuchter spendeten Licht für einen Tisch, um den fünf Männer saßen. Einer saß mit dem Rücken zur Ecke und hielt buchstäblich Hof: Ethan Jagger.

Daniel bahnte sich einen Weg in die Ecke und das Messer in seinem Stiefel war ein willkommenes Gewicht, als er sich einem der ranghöchsten Verbrecher Londons näherte. Jagger war einer der Männer von Gin Jimmy, die als seine rechte Hand galten, und eine Menge verbrecherische Machenschaften, vom Diebstahl bis zu Betrug, überwachten.

Jagger war etwa im gleichen Alter wie Daniel oder vielleicht geringfügig jünger, was angesichts seines Status bemerkenswert war. Doch andererseits hatte er auch beinahe sein halbes Leben auf der Straße verbracht – oder das hatte Daniel nach vielen Jahren Ermittlungsarbeit gegen Gin Jimmys Handlanger zumindest so verstanden – und hart daran gearbeitet, sich seinen Rang zu verdienen. Mit tintenschwarzem Haar und stechenden grauen Augen, war Jagger so kalt und hart, wie es nur ging, aber er besaß auch eine Intelligenz, die jedem Anwalt oder Amtsträger Konkurrenz machen würde, die Daniel je getroffen hatte. Es war zu schade, dass der Kriminelle diese Laufbahn eingeschlagen hatte. Nach allem, was Daniel über ihn wusste, hätte sein Leben ganz anders aussehen können.

»Wenn das nicht Mr. Carlyle ist«, stellte Jagger gedehnt fest. Mit hochgezogener Augenbraue setzte er sich in seinem Stuhl vor. »Nein! Sie sind jetzt ja *Lord* Carlyle, nicht wahr? Was zum Teufel tun Sie in St. Giles?«

»Stört es Sie, wenn ich mich setze?«, fragte Daniel und legte die Hand dabei um die Rückenlehne eines Stuhls.

»Überhaupt nicht. Whiskey?« Jagger nahm die vor ihm stehende Flasche und griff nach einem leeren Glas. Das Crystal war stolz auf seine schicken Gläser, die eine Erinnerung an die Herrenclubs in St. James sein sollten.

»Kein Gin?« Daniel bevorzugte Whiskey, doch Gin war aufgrund der konsumierten Quantität normalerweise das bevorzugte Getränk in St. Giles.

»Nicht an meinem Tisch. Ich bin in letzter Zeit dazu übergegangen, Whiskey zu trinken.« Jagger schenkte ihm ein Glas ein und einer seiner Gefolgsleute schob es über den Tisch zu Daniel.

Daniel blickte sich am Tisch um und hielt das Glas zu einem gespielten Prost hoch, ehe er einen tüchtigen Schluck trank. »Er ist sehr gut. Aus Ihren persönlichen Beständen?«

Jaggers Mundwinkel zuckte. »Natürlich.«

Daniel stellte das Glas auf den Tisch. »Können wir uns privat unterhalten?«

»Sicher.« Jagger nickte den anderen vier Männern um den Tisch zu. Sie erhoben sich und gingen ohne ein Wort davon.

Jagger lehnte sich auf seinem Stuhl zurück, sodass er mit dem Kopf an der Wand lehnte. »Was wollen Sie wissen?«

Es war nur logisch, dass Jagger annehmen würde, er sei wegen Informationen hier. Die einzige andere Art von Hilfe, die er anbot, war finanzieller Natur, und Daniel würde jemandem wie ihm niemals Geld schulden wollen.

Gleichwohl er es verabscheute, mit dem Rücken zur Tür zu sitzen, wusste Daniel, dass Jagger seine Verletzlichkeit als Ausdruck seines Vertrauens sehen würde. Er erwartete, dass Jagger ihm den Rücken decken würde, und aus diesem Grund würde Jagger es auch tun. Also ließ Daniel sich auf seinem Stuhl nieder. »Ich bin auf der Suche nach Nicky Blue.«

Jagger nippte an seinem Whiskey. Er hielt das Glas in seiner Handfläche als er das Wort an Daniel richtete. »Ich habe ihn heute Abend nicht gesehen.«

»Können Sie mir vielleicht sagen, wo ich ihn finden kann? Oder besser noch«, er zog das Messer aus seiner Jackentasche und legte es auf den Tisch, damit Jagger es gut sehen konnte. »Können Sie mir sagen, wie ich dazu kam, dieses Messer unter einem Bett in einem Haus in Mayfair zu finden?«

In den anderen Bordellen hatte Daniel niemandem das Messer gezeigt, doch er war sicher, dass Jagger das ausgefallene Stück erkennen würde. Die Frage war, ob Daniel den Kriminellen dazu bringen konnte, mit ihm zusammen zu arbeiten oder ob er behaupten würde, es nie gesehen zu haben.

Jagger würdigte dem Dolch kaum eines Blickes. »Vielleicht, weil Nick eine Dame der Gesellschaft gefickt hat?« Er lachte, doch dann ernüchterte er rasch, als Daniel nicht mit ihm lachte. »Keinen Sinn für Humor heute Abend? Wie langweilig. Warum sollte ich wissen, was dieses Messer in Mayfair verloren hat?«

»Weil Sie Nickys Mannschaft beaufsichtigen.« Daniel setzte sich ein wenig vor. »Lassen wir die Spielchen. Ich bin kein Konstabler mehr. Ich versuche, einer Freundin zu helfen, einige Dinge wiederzufinden, die ihr vor zwei Jahren gestohlen worden waren.«

Jagger zuckte mit der Schulter und behielt seinen distanzierten Ausdruck bei. »Es ist sehr freundlich von Ihnen, jemandem in Not zu helfen, aber ich kann einfach nicht erkennen, warum *ich* das tun sollte.«

Daniel beäugte den Mann in seinem teuren Aufzug, der von seinen kriminellen Aktivitäten bezahlt worden war. Wie seine Gefolgsleute, kleidete Jagger sich, um einzuschüchtern, aber anders als sie war er nicht protzig. Außer den beiden Ringen, die er an jeder Hand trug – was nach modischen Standards übertrieben war –, sah er aus, als ob er sich in einem beliebigen Ballsaal in Mayfair blicken lassen könnte. Tatsächlich könnte er, wenn ihm danach wäre, heute Abend direkt in einen hereinplatzen und seinen Platz beanspruchen. «Weil Sie tief in sich drin vielleicht auch gern jemandem helfen möchten. Haben Sie vergessen, dass ich weiß, wer Sie wirklich sind? Woher Sie stammen?«

Plötzlich setzte Jagger sich aufrecht und sein Blick wurde hart. »Noch wichtiger ist, dass Sie nicht vergessen, wer ich jetzt bin.« Er starrte Daniel an und ließ die Drohung für einen langen Moment im Raum stehen. »Da ich jedoch einen Hauch wohlwollender bin als die meisten und weil ich es zu schätzen weiß, dass Sie einer jungen

Frau helfen wollen«, er warf ihm einen wissenden Blick zu, »werde ich Ihnen sagen, dass Nicky es zunehmend auf Häuser in Mayfair abgesehen hat.«

So viel hatte Daniel bereits selbst kombiniert, und er machte den Mund auf, um das zu sagen, doch Jagger hielt eine Hand hoch. »Unterbrechen Sie mich nicht«, bat er. »Ich bin noch nicht fertig. Seine Ziele sind stets erfolgreich, weil er genau weiß, wo er zuschlagen muss.«

Plötzlich verstand Daniel. Nicky Blue hatte einen Mann – oder eine Frau – als Spitzel. »Er erhält Informationen darüber, wo und wann er zuschlagen muss.«

Jagger nickte einmal und dann suchte er den Bereich hinter Daniel mit Blicken ab, was ein Verbrecher wie er stets zur Verteidigung tat.

»Ich nehme nicht an, dass Sie mir sagen werden, um wen es sich handelt?«

Jagger blinzelte ihn unschuldig an. »Wer was?«

Richtig. »Wenn ich Ihnen einen Namen nenne und recht habe, bleiben Sie einfach still.« Daniels Halsmuskeln spannten sich vor Beunruhigung an. Er fürchtete die Antwort, aber er musste es wissen. »Aldridge.«

Langsam hob Jagger das Whiskeyglas an die Lippen und nahm einen langen Schluck, ohne Daniel eine Sekunde aus den Augen zu lassen.

Verdammt. Aldridge hatte eindeutig zumindest Diebesgut erworben, aber dass er auch Teil des eigentlichen Diebstahls war? Daniels Magen krampfte sich vor Unglauben kurz zusammen, ehe seine Wut alle anderen Emotionen beiseitedrängte. Der Earl war sein Freund und Mentor gewesen. Sie hatten zusammen ausgetüftelt, wie sie die Polizei der Stadt verbessern konnten. Daniel hatte ihm so viele Dinge über sein Leben als Konstabler anvertraut – wie viel von dieser Information hatte Aldridge benutzt, um seine eigenen kriminellen Interessen zu verfolgen? Und wie um alles in der Welt war er überhaupt mitten in diese ganze Sache hineingeraten?

»Ich werde etwas als Gegenleistung erwarten«, bemerkte Jagger und riss Daniels Aufmerksamkeit damit von seinem inneren Aufruhr fort.

Er war nicht überrascht, dass Jagger etwas wollte. So funktionierten diese Dinge. Wie oft war Daniel gezwungen gewesen, den Kopf für größere Erfolge abzuwenden – und kleinere Verbrechen zu ignorieren, damit er größere verfolgen konnte? »Was wollen Sie?«

Jagger zog die Schulter hoch, als er abermals den Bereich hinter Daniel mit seinem Blick absuchte. »Ich bin noch nicht sicher, aber ich werde es Sie wissen lassen.«

»Vergessen Sie aber nicht, dass ich kein Konstabler mehr bin.«

Jagger lächelte schwach. »Ich bin mir dessen äußerst bewusst.«

Daniel entschied, dass es Zeit war, ein bisschen von dem Konstabler aufleben zu lassen, der noch in ihm steckte. Er legte die Handflächen flach auf den Tisch und nahm Jagger mit seinem einschüchterndsten Blick ins Visier. »Wie teilt Aldridge seine Informationen mit? Sagen Sie es mir und ich werde tun, was immer Sie verlangen.« Gott, wie er es hasste, solche Versprechungen zu machen, aber wenn das bedeutete, dass er Aldridge dingfest machen konnte, würde er es tun.

Heiterkeit blitzte in Jaggers Blick auf. »Sie hatten immer einen ausgezeichneten Ruf hier. Ich erkenne, dass die Gesellschaft Ihre Instinkte nicht verweichlicht hat. Um ihre Frage zu beantworten: Er schickt eine verschlüsselte Nachricht. Ich werde dafür sorgen, dass Sie die Information erhalten, die in der nächsten steht. Aber ich brauche dieses Messer, um Nicky zu überreden, sie mir zu zeigen.«

Daniels Blut wallte vor Siegesgewissheit auf. »Es gehört

Ihnen.« Er trank den restlichen Whiskey in einem Schluck und stand auf. »Danke für den Drink.«

»Aus reiner Neugier, wer ist die Frau? Ich kann mir vorstellen, dass Sie Ihnen eine Menge wert sein muss, wenn Sie bereit sind, ihre Zehen wieder in dieses schäbige Leben zu tauchen.«

Fast hätte Daniel gelacht. Als ob er ihm das sagen würde. Jagger hatte den Ruf, die Leute für seine eigenen Zwecke zu benutzen. »Noch einmal danke.«

Jaggers Augen glommen teuflisch. »Es ist schon in Ordnung. Sie wissen, dass ich alles in Erfahrung bringen kann, was ich möchte.«

Jeder Anflug von Daniels gutem Humor verflüchtigte sich angesichts seiner plötzlichen Wut. Jocelyn war ein Opfer gewesen, und verdammt sollte er sein, wenn er Jagger auch nur ihren Namen aussprechen ließ. Er kam um den Tisch näher zu Jagger heran und starrte auf ihn herab. »Wenn ich auch nur eine Silbe ihres Namens von Ihren Lippen höre oder Sie oder irgendwelche Ihrer Genossen in ihrer Nähe sehe, werde ich nicht nur vergessen, jemals eingewilligt zu haben, Ihnen behilflich zu sein, sondern ich werde es mir zur Lebensaufgabe machen, Sie hängen zu sehen.« Er ließ seine Drohung einen Moment wirken, wie auch Jagger das getan hatte. Dann bleckte er seine Zähne zu einem bösen Lächeln. »Angesichts all dessen, was Sie getan haben, glaube ich nicht, dass das allzu schwierig sein sollte.« Er stieß die Luft aus und strich seinen Frack glatt, obwohl er keiner Korrektur bedurfte. »Ich freue mich darauf, von Ihnen zu hören.«

Dann drehte er sich um und marschierte aus dem Bordell, wobei er ein schwaches Prickeln in seinem Rücken von den Blicken verspürte, die ihm Jaggers Gefolgsleute hinterherschickten, nachdem sie gleich auf den Tisch zugekommen waren, als Daniel sich auf ihren Boss zubewegt hatte.

Draußen angekommen, schlug er den Weg ein, der ihn aus dem Elendsviertel hinausführte. Er hatte geplant, einen Ball zu besuchen, aber er wollte das Risiko nicht eingehen, Aldridge über den Weg zu laufen. Solch eine Begegnung könnte sich als unzuträglich für den Mann erweisen, der Daniel für dumm verkauft hatte.

Plötzlich wollte er ohne Umwege zu Jocelyns Haus marschieren, um ihr zu berichten, was er herausgefunden hatte. Er würde sich auch dafür entschuldigen, dass er sich zurückgezogen hatte, und sie um Verzeihung bitten, dass er auch nur das kleinste bisschen von Aldridges Lügen geglaubt hatte. Dann würde er sie in die Arme nehmen und beenden, was sie angefangen hatten …

Aber nein, das würde er nicht tun. Es war recht spät und sie hatte eine anständige Brautwerbung mit einem ordentlichen Heiratsantrag verdient. Seine Schritte wurden leichter, als er überlegte, wie er sie fragen könnte.

KAPITEL 9

Als Jocelyn am folgenden Nachmittag Mrs. Harwoods Einladungen im oberen Salon durchsah, wurde sie von Moss unterbrochen, der ihr mitteilte, dass sie einen Gast hatte: Lord Aldridge.

»Ich habe ihn in den vorderen Salon gebeten, Miss Renwick«, teilte Moss ihr mit.

Bei der Nachricht, dass Aldridge hier war, krampfte sie sich innerlich zusammen, doch sie war froh über die Gelegenheit, ihm über eine Sache Bescheid zu geben: Sehr bald würde er die Taschenuhr zurückgeben müssen, und warum nicht jetzt?

Sie erhob sich von ihrem Schreibtisch. »Danke, Moss.«

Als sie die Treppe hinunterging, wunderte sie sich, warum sie noch nichts von Daniel gehört hatte. In Anbetracht der Art und Weise, wie er sie gestern Abend verlassen hatte, fragte sie sich fast, ob sie je wieder von ihm hören würde. Papa hatte immer gesagt, dass ihr Mundwerk sie in Schwierigkeiten bringen würde, wenn sie nicht aufpasste, allerdings hatte sie sich nie vorstellen können, dass dies einmal passieren würde, weil sie jemanden geküsst hatte. Noch immer krümmte sie sich innerlich beim Gedanken an ihren Wagemut und Daniels darauffolgenden Abschied.

Sie betrat den Salon, wo sie Aldridge mit gefurchter Stirn und einem finsteren Zug um den Mund neben dem Kamin stehend vorfand.

»Miss Renwick.« Er sprach ihren Namen ohne jede Spur von Freundlichkeit aus. Tatsächlich klang er eher wie ein Schimpfname.

Jocelyns Schultern zogen sich zusammen, als die Anspannung sich ihres Körpers bemächtigte. »Mylord.«

»Ich bin gekommen, um Ihre lächerlichen Anschuldigungen bezüglich meines Besitzes und auch Ihre skandalöse Beziehung mit Lord Carlyle zu besprechen.«

Skandalös? O nein, was hatte Daniel ihm erzählt? Sie gab sich alle Mühe, nicht vor Verlegenheit rot zu werden, und konzentrierte sich stattdessen auf das erste Thema, das der Earl angesprochen hatte. »Wir wissen beide, dass es mein Eigentum ist, einschließlich der Taschenuhr, die Sie gestern getragen haben. Sie hat meinem Vater gehört.«

Er lief krebsrot an und sein Blick wurde schmal. »Sie sind eine Plage, wissen Sie das, Miss Renwick? Wie eine Ratte, die immer wieder in die Speisekammer eindringt.«

Jocelyn verschlug es vorübergehend die Sprache, was eine echte Leistung war. Dann wurde sie wütend und fand zur ihrer Schlagfertigkeit zurück. »Beleidigen Sie mich, so viel sie wollen. Wir beide wissen, dass Sie meine Sachen gestohlen haben. Und, noch wichtiger ist, dass Daniel es auch weiß.« Sie versuchte, die Worte zurückzunehmen. Sie hatte Daniels Unterstützung nicht verraten wollen, doch das ungehobelte Betragen des Earls hatte ihr unbesonnenes Mundwerk provoziert. Wieder einmal. Sie versuchte, ihren Verdruss nicht zu zeigen.

Aldridge marschierte durch den Salon und schloss die

Tür. Eine Eiseskälte kroch Jocelyn über das Rückgrat. Er schritt auf sie zu und blieb vor ihr stehen. »Was genau haben Sie ihm erzählt?«, fragte er leise.

Sie reckte das Kinn und forschte nach dem Mut, der plötzlich von ihr abgefallen war. »Dass Sie dafür gesorgt haben, dass unser Stadthaus neulich auf den Kopf gestellt wurde.«

Er wirkte von ihrer Enthüllung nicht im Mindesten beunruhigt, sondern legte bloß den Kopf schief. »Wenn er auf der Suche nach Beweisen gegen jemanden ist, dann würde ich auf der Hut sein, dass es vielleicht Sie sein könnten. Deshalb bin ich heute hierhergekommen. Carlyle weiß genau darüber Bescheid, wie ich zu diesen Dingen gekommen bin. Er ist derjenige, der mich mit der Hehlerin in Verbindung brachte, die sie mir verkauft hat.«

Bei seinem selbstgefälligen Lächeln schnappte Jocelyn nach Luft. Das konnte nicht wahr sein. Daniel hatte ihr helfen und sie ganz bestimmt nicht anklagen wollen. Er hatte gestern Abend so aufgeregt gewirkt, als sie ihm das Messer übergeben hatte. Doch seitdem hatte er keine Nachricht mehr geschickt. Und dann sein beunruhigender Rückzug aus ihrer Umarmung. Ein Anflug von Zweifel verwurzelte sich in ihrem Verstand und nahm ihn in Besitz.

Der Mund des Earls verharrte in diesem ekelerregenden Lächeln und seine Augen glitzerten vor Freude. »Carlyle hat all seine alten Kontakte behalten. Ich weiß, dass er mit mindestens einer Hehlerin – eine Frau namens Odette, die ein Bordell in St. Giles besitzt – eine Beziehung pflegt.«

Beziehung? Was für eine Art von Beziehung? Hatte er sich deshalb gestern Abend von ihr zurückgezogen? Jocelyn fühlte sich krank. Ihr fiel nichts anderes ein, was sie sagen konnte, als: »Daniel war Konstabler.«

»Und wie so viele von unseren Polizeikräften ist er korrupt.« Er schüttelte den Kopf und hielt die Handflächen nach oben gerichtet, während er die Schulter hochzog. »So liegen die Dinge einfach, junge Frau.«

Jocelyn wurden die Knie schwach, aber sie weigerte sich, ihre Enttäuschung zu zeigen. Sie konnte nicht glauben, dass Daniel irgendetwas dessen tun würde, was Aldridge da behauptete, aber wie gut kannte sie ihn? Überhaupt nicht, wie ihr aufging.

»Nun, wenn ich Sie wäre, würde ich in dieses kleine Dorf in Kent zurückkehren und den ganzen Unsinn hier einfach vergessen. Ich fühle mich wohlwollend genug, Ihnen die Taschenuhr zu geben. Ich habe sie ohnehin immer ein klein wenig zu banal für meinen Geschmack gefunden.« Er zog die Kostbarkeit aus seiner Tasche, und sie streckte die Hand aus, um sie entgegenzunehmen. Als sie das Gewicht in ihrer Handfläche fühlte, schloss sie die Finger darum und beherrschte sich gerade eben noch, um Aldridge nicht damit ins Gesicht zu schlagen.

»Ich würde Ihnen auch raten, dieses Gespräch niemandem gegenüber zu erwähnen, insbesondere Carlyle nicht. Diejenigen, die Bedenken geäußert haben, dass sein Verhalten eventuell nicht ganz gesetzeskonform sei, sind manchmal einfach verschwunden.«

Was um alles in der Welt wollte er jetzt damit andeuten? Dass Daniel Menschen ermordet hatte? Oder hatte er sie eingesperrt? Sie konnte es einfach nicht glauben. »Sie erwarten von mir, dass ich ihn für so abgebrüht halte?«

Aldridge zuckte mit den Schultern. »Glauben Sie, was Sie wollen. Wenn Sie ihm allerdings erzählen, was ich Ihnen anvertraut habe, wird er es leugnen.« Er beugte sich vor und fügte hinzu: »Und dann sollten Sie besser auf der Hut sein.«

Sie wich einen Schritt zurück. »Drohen Sie mir etwa?«

»Nein, ich helfe Ihnen, auf der Grundlage von Informationen eine Entscheidung bezüglich Ihrer nächsten Schritte zu treffen. Ich schlage vor, Sie halten sich von ›Daniel‹ und mir so fern, wie Sie nur können.«

Ihr Kopf schwirrte von alldem, was Aldridge ihr erzählt hatte. Daniel war korrupt? Er sammelte Beweise, um sie als Diebin zu beschuldigen? Er würde dafür sorgen, dass sie »verschwand«, wenn sie enthüllte, was Aldridge ihr erzählt hatte? Das wollte sie alles nicht glauben.

Es war ihr nicht entgangen, dass Aldridge am meisten davon profitieren würde, wenn sie den Mund hielt und aus London verschwand. Aber wieviel wusste sie wirklich über Daniel?

Mit Fingern, die stärker zitterten, als ihr lieb war, verstaute sie die Taschenuhr in ihrer Rocktasche. »Danke, dass Sie mir mein Eigentum zurückgegeben haben, Mylord. Wenn Sie mich jetzt entschuldigen wollen.«

Sie gestikulierte zur Tür, als Zeichen, dass er gehen sollte. Das tat er jedoch nicht. Stattdessen trat er so dicht an sie heran, dass sie die Poren in seinem Gesicht erkennen konnte.

»Seien Sie nicht töricht, Miss Renwick«, sagte er mit tiefer, unheimlicher Stimme. »Ich hoffe, Sie werden meinen Rat beherzigen.« Sie trat einen Schritt zurück, und hob unwillkürlich die Hände in einer abwehrenden Haltung. Er schürzte die Lippen, ehe er sich umdrehte, um erst den Salon und dann das Stadthaus zu verlassen.

Jocelyn stieß den Atem aus, den sie offenbar angehalten hatte, worauf ein Großteil ihrer Anspannung aus ihr entwich. Es war an der Zeit, ein für alle Mal herauszufinden, ob Daniel das Monster war, das Aldridge da beschrieben hatte, oder der Mann, in den sie sich verliebte.

∾

*D*er heutige Tag war nicht wie geplant verlaufen. Daniel hatte für den frühen Nachmittag einen Besuch bei Jocelyn vorgesehen, um ihr einen Heiratsantrag zu machen, ein Unterfangen, das er sich gestern Abend auf dem Rückweg zum Silver Unicorn, von wo aus er eine Droschke hatte nehmen wollen, genüsslich ausgemalt hatte. Dann war er allerdings durch eine Schlägerei in Odettes Etablissement veranlasst worden, dort einzutreten.

Eine Bande älterer Burschen hatte sich ziemlich ungebärdig aufgeführt, und der Konstabler, der Daniel noch innewohnte, hatte sich nicht abwenden können. Bei seinem Versuch, Frieden zu stiften, war er in die Schlägerei verwickelt worden. Schließlich waren zwei Polizisten eingetroffen, und mit gemeinsamen Kräften hatten sie dem Tumult ein Ende gesetzt. Einige der Burschen waren nach Newgate verfrachtet worden, während sich die anderen zerstreut hatten. Erst im Morgengrauen war Daniel schließlich nach Hause gekommen und hatte sich ins Bett gelegt. Jetzt war es mitten am Nachmittag, und er musste sich sputen, um zu Jocelyn zu gelangen.

Er war endlich auf dem Weg nach unten, als er seinen Butler in der Eingangshalle mit jemandem reden hörte. Er drehte sich auf dem Treppenabsatz um und sah Jocelyn mitten auf dem Marmorboden stehen. In einem blassgelben Kleid mit elfenbeinfarbenem kurzen Spencer-Jäckchen und einer kleidsamen Haube war sie der Inbegriff von Lebendigkeit und Schönheit. Er beschleunigte seine Schritte auf den letzten Stufen.

Und dann blieb er ruckartig stehen.

Sie wirkte nicht annähernd so glücklich, ihn zu sehen, wie er. Trotzdem war sie hergekommen.

»Mylord, Miss Henwick ist hier«, bemerkte Goring, sein ältlicher Butler.

Henwick? Daniel würde den Mann nicht korrigieren. »Ja, danke«, antwortete er mit einem Anflug von Ironie.

Goring legte den Kopf schief. »Soll ich sie hinausbegleiten?«

Nicht zum ersten Mal befürchtete Daniel, dass der Mann reif für den Ruhestand sein könnte. Später würde er mit seinem Sekretär darüber sprechen.

Daniel schenkte dem Butler ein aufmunterndes Lächeln. »Ich denke, ich werde sie einfach mitnehmen.«

»Natürlich, Mylord.« Goring zog sich zurück, wahrscheinlich, um in einem Sessel unter der Treppe ein Nickerchen zu machen. Ja, vielleicht war es an der Zeit, das Thema Ruhestand anzusprechen. Zum tausendsten Mal dachte Daniel über die Verantwortung nach, die er nun trug, und darüber, wie sich all dies ergeben hatte.

Dann lenkte er seine Aufmerksamkeit zu Jocelyn und war dankbar, dass es so gekommen war. «Ich freue mich, Sie heute Nachmittag zu sehen. Tatsächlich war ich gerade auf dem Weg zu Ihnen.«

Sie blinzelte und sah dabei etwas überrascht aus. »Tatsächlich?« Dann entspannten sich ihre Gesichtszüge zu ... Erleichterung?

Er führte sie von der Eingangshalle die Treppe hinauf in den Salon, der einen Blick auf die Brook Street bot. »Soll ich nach Tee klingeln?«, fragte er, während er dachte, dass er auch einfach Goring darum hätte bitten können. Eines Tages würde er die Feinheiten der Haushaltsführung in den Griff bekommen.

»Nein, danke«, antwortete sie leise. Dann nahm sie ihre Haube ab und legte sie auf einen Tisch neben der Tür.

Daniel war ihr beim Ablegen ihrer kurzen Jacke behilflich.

Sie lächelte zu ihm auf, als er das Kleidungsstück entgegennahm und es über eine Stuhllehne hängte. »Ich danke Ihnen.«

Der Nachmittag war strahlend, und man hatte die Vorhänge geöffnet, um das Frühlingslicht hereinzulassen. Die Sonnenstrahlen fielen auf ihr Haar und färbten das satte Braun mit goldenen Strähnen. Sie legte den Kopf in den Nacken und sah zu ihm auf, und das Licht brach sich in ihren haselnussbraunen Augen mit der schmalen grünlichen Umrandung um die Pupille.

Sie öffnete ihr Retikül und holte einen Gegenstand heraus. Als sie die Handfläche darbot, lag darauf die Taschenuhr ihres Vaters.

Unverzüglich spannte er sich innerlich an. »Wie sind Sie dazu gekommen?«

»Von Lord Aldridge.«

Verdammt, sie war nicht nur impulsiv, sie war geradezu dumm. Er verzichtete auf die Mühe, den Sarkasmus aus seiner Stimme zu halten. »Irgendwie bezweifle ich, dass er sie Ihnen einfach in Ihr Stadthaus gebracht hat.«

Sie reagierte mit einem halben Lächeln, und ihre Wangen bekamen ein bisschen Farbe. »Nun, genau das hat er getan. Mehr oder weniger. Er hat mich aufgesucht, doch gleichwohl ich mich freue, die Taschenuhr meines Vaters wiederzuhaben, glaube ich nicht, dass sie es für das, was ich ertragen musste, wert war.«

Jetzt jagte sie ihm einen Heidenschreck ein. Mit drei schnellen Schritten stand er vor ihr. »Was ist passiert?« Gott erbarme sich des Earls, wenn er sie berührt hätte.

»Er hat mir Lügen aufgetischt. Das hoffe ich zumindest«, fügte sie hinzu und sah mit argwöhnischen Augen zu ihm auf. In ihrem Blick lag eine Düsternis, bei der sich ihm die Nackenhaare aufstellten.

Er ermahnte sich, die Ruhe zu bewahren. Als Konstabler hatte er gelernt, seinen Gleichmut zu wahren und das leistete ihm nun gute Dienste. »Warum fangen Sie nicht ganz am Anfang an?«

Sanft tippte er ihren Ellbogen an und musste gegen den Drang ankämpfen, sie an sich zu ziehen und bis zur Besinnungslosigkeit zu küssen. Das hatte er sich schon in dem Moment gewünscht, als er sie in der Eingangshalle erblickt hatte, doch jetzt, da er wusste, dass sie in irgendeiner Form der Gnade eines anderen Mann ausgeliefert gewesen war, wollte der Urmann in ihm sie zu der Seinen machen.

Glücklicherweise schien sie sich des Aufruhrs in seinem Kopf nicht bewusst zu sein, als sie ihm gestattete, sie zum Sofa zu führen. Sie ließ sich auf der Kante nieder, und er setzte sich neben sie – nahe, aber nicht zu nahe, was schade war.

Die Taschenuhr lag in ihrer Handfläche, und sie blickte darauf hinunter, bevor sie das Wort ergriff. »Aldridge hat mich aufgesucht, und ich fürchte, ich habe mehr preisgegeben, als ich sollte.«

Ihr Eingeständnis trug nicht dazu bei, seinen rasenden Puls zu beruhigen. »Was haben Sie gesagt?«

Die Eindringlichkeit ihres Blickes war sowohl alarmierend als auch aufregend. »Ich habe ihn gewarnt, dass Sie Beweise gegen ihn sammeln.«

Er fühlte sich, als hätte er einen Tritt in die Magengrube erhalten. Er war so kurz davor, Aldridge zu erwischen. Alles, was er brauchte, war die Notiz, die Jagger abfangen und abliefern würde. »Das haben Sie nicht.«

Die Röte ihrer Wangen wurde noch tiefer. »Das habe ich getan, fürchte ich, und er hat mir nahegelegt, mich darum zu sorgen, dass Sie Beweise gegen *mich* sammeln würden.«

»Er hat *was*?« Er konnte nicht verhindern, dass ihm

dieses Fragewort aus dem Mund schoss. So viel zum Thema Ruhe bewahren.

»Er behauptete, Sie seien korrupt und dass Sie ihn mit einer Hehlerin in Verbindung gebracht hatten, mit der Sie bekannt sind. Und dann riet er mir, Ihnen gegenüber kein Wort darüber zu verlieren. Tatsächlich sagte er mir sogar, ich solle mich ganz von Ihnen fernhalten und nach Kent zurückkehren.«

Bereits in relativ jungen Jahren hatte Daniel Gewalt kennengelernt, erst durch seinen Vater und dann durch den von ihm gewählten Beruf. Er sträubte sich, Menschen zu verletzen, und versuchte, dies nach Möglichkeit zu vermeiden. Doch in diesem Moment wünschte er sich nichts sehnlicher, als Aldridge zu erdrosseln, bis dieser seinen letzten Atemzug ausgehaucht hätte.

»Ich bin nicht korrupt«, entgegnete er leise und konnte sein Temperament gerade noch unter Kontrolle halten.

»Natürlich sind Sie das nicht.« Sie klang erleichtert und schien zumindest ein wenig Zweifel gehegt zu haben. Das machte die nächste Enthüllung umso schwieriger.

Er sammelte sich und sagte: »Ich war nicht korrupt, aber ich war auch nicht ganz ehrlich.«

Ruckartig hob sie den Kopf und riss dabei die Augen auf. »Wie meinen Sie das?«

Wie sollte er das einem Laien verständlich machen? »Wachtmeister müssen manchmal Dinge tun, nein, das ist nicht ganz richtig. Ich hatte manchmal Dinge tun müssen ... Nein, das ist auch nicht richtig.«

Er wandte sich von ihr ab und blickte stirnrunzelnd auf die glühenden Kohlen im Kamin. Wenn er schon seine Sünden beichten musste, konnte er es auch richtig machen. Er drehte sich zu ihr und legte einen Arm auf die Sofalehne. »Ich habe mich ab und an entschlossen, gewisse

Vergehen zu ignorieren, um mit Hilfe kleinerer Verbrecher einen größeren zu fangen.«

Sie legte den Kopf schief und dachte über seine Worte nach. »Das ergibt vermutlich einen Sinn. Sicher haben Sie getan, was Sie für richtig hielten.«

Unbehaglich über ihre bereitwillige Akzeptanz, krümmte er die Finger um die Oberkante des Sofas. »Ich bin mir nicht sicher, ob es das war. Ich habe getan, was ich dachte, tun zu müssen, aber einige der Dinge, die ich unbeachtet gelassen hatte ...« Wenn er an die Menschen dachte, die er frei herumlaufen gelassen hatte – Menschen wie Nicky Blue, die Kinder rekrutierten, von denen manche erst sieben oder acht Jahre alt waren –, verachtete er sich. Es war ihm ein kleiner Trost, dass er Nicky Blue eine Zeit lang hinter Gitter gebracht hatte, doch das war nicht genug. Deshalb waren ihm die Reformen jetzt so wichtig. Mehr Polizei bedeutete mehr Durchsetzungsvermögen. Sie würden nicht mehr so sehr darauf bauen müssen, einen Großteil ihrer Arbeit von Kriminellen für sie erledigen zu lassen. Und eine Gefängnisreform würde den Insassen helfen, nach ihrer Entlassung einen besseren Weg einzuschlagen, sodass sie nicht einfach wieder in die Illegalität und Gewalttätigkeit zurückfallen würden.

Sie drehte sich, um ihre Hand auf seine zu legen, und die zarte Berührung veranlasste seine Finger locker zu lassen, und den Griff um die Sofalehne zu lockern. »Das klingt für mich nicht nach Korruption. Sie hatten doch nicht Ihre eigenen Interessen verfolgt, oder doch?«

Gott, sie verstand. Er sah ihr forschend ins Gesicht auf der Suche nach Absolution, die er sich in Wirklichkeit nur selbst geben konnte. Dennoch ließ ihr Wahrnehmungsvermögen tief in seinem Herzen ein Feuer des Verlangens auflodern.

Er schüttelte den Kopf. »Nein. Ich dachte, ich hätte das Richtig getan.«

»Dann war es das. Sie waren bereit, meinen Diebstahl zu übersehen – etwas, wofür ich Ihnen wirklich zutiefst dankbar bin.« Sie nahm sich einen Augenblick Zeit, um ihre Handschuhe abzustreifen und sie auf den niedrigen Tisch fallen zu lassen, der vor dem Sofa stand. Dann setzte sie sich tiefer in das Sofa und ihre warme Hand liebkoste seine wieder. Ihr frischer Apfelduft hüllte ihn ein. »Sie sind ein guter Mann, Daniel Carlyle.«

»Dann glauben Sie nichts von dem, was Aldridge Ihnen erzählt hat?« Sie hatte ihm bedingungslos vertraut und war trotz Aldridges Lügen auf direktem Wege hierhergekommen. Daniel fühlte sich wie ein Schuft, weil er bei Aldridges Versuch, seinen Kopf mit Lügen über sie zu füllen, an ihr gezweifelt hatte.

Sie gab ein undamenhaftes Geräusch von sich, das eher wie ein Schnauben klang. »Natürlich nicht.«

Er drehte seine Hand um und ergriff die ihre. Seine Energie wechselte von angespannter Furcht und Reue zu Aufgeregtheit über ihre Präsenz und Einfühlsamkeit. »Warum nicht? Was habe ich getan, um Ihr Vertrauen zu gewinnen?«

Sie sah ihn an und ihre wunderschönen haselnussbraunen Augen waren groß und vertrauensvoll. »Sie haben mich nur beschützt ... an mich geglaubt. Um Himmels willen, ich habe Sie benutzt, um in Aldridges Nähe zu kommen, damit ich meinen Besitz zurückstehlen konnte! Ich sollte Sie fragen, was ich getan habe, um *Ihr* Vertrauen zu gewinnen.«

Wie sie gesagt hatte, vertraute er ihr, weil sie an ihn glaubte. Sie sah das Gute in ihm und verstand, was er nie gewagt hatte, jemand anderem anzuvertrauen. Was sein nächstes Eingeständnis erforderlich, wenngleich unangenehm machte. »Ich bin beschämt, sagen zu müssen, dass Aldridge auch versucht hat, mich gegen Sie einzunehmen. Er behauptete, man hätte Sie während Ihrer ersten Saison verschmäht und Ihr Ruf sei durch Ihre flinke Zunge in Mitleidenschaft gezogen worden – was zu glauben mir nicht schwerfällt und ich allerdings langsam zu würdigen weiß – und dass Sie eine gewissermaßen, ähm, lose Natur haben.«

Sie schnappte nach Luft. »Das gibt's doch nicht.«

Er hatte ihre Empörung verdient. »Ich wollte es nicht glauben. Aber ich habe ihn viel länger gekannt, als ich Sie kenne, und wir waren Freunde.« Sein Zorn wallte bei dem Gedanken an seine »Freundschaft« mit einem Kriminellen auf. »Ich hätte gleich wissen sollen, dass er lügt.«

»Er hatte Ihnen das gestern Abend erzählt, bevor ich Sie getroffen habe. Deshalb sind Sie auf diese Weise gegangen.« Ihre Stimme klang ausdruckslos, als sie die Hand zurückzog. »Nach der Art und Weise, wie ich Sie geküsst habe … Sie hatten geglaubt, ich sei verrucht.«

Die Bezeichnung Schuft war nicht stark genug, um ihn zu beschreiben. Er war ein ausgemachter Hundesohn. »Ich war ein Idiot.« Er strich sich mit dem Daumen über den Kiefer. »Sie sind eine geistreiche, intelligente Frau, die keine Angst hat, sich zu holen, was sie will. Sie sind ein einzigartiges weibliches Wesen. Eines, das zu kennen ich die Ehre habe. Ich bitte Sie demütig um Verzeihung.«

Sie blinzelte schnell, doch er erspähte das Glitzern von Feuchtigkeit in ihren Augen. »Dafür besteht kein Grund«, murmelte sie.

»Ich denke, ich muss. Tatsächlich …« Er rutschte vom Sofa auf die Knie. Dann nahm er ihre Hände in seine und streichelte mit den Daumen über ihre Handrücken. Sie erschauderte unter seiner Berührung und er sehnte sich danach, ihren gesamten Körper reagieren zu sehen, wenn er sie zum ersten Mal liebte.

»Miss Renwick, ich möchte Sie in aller Ehrfurcht darum bitten, meine Frau zu werden. Ich bin Ihrer Wertschätzung vielleicht nicht ganz würdig, aber ich werde mit aller Kraft danach streben, wenn Sie geneigt sind. Können Sie einen unvollkommen Mann mit einer Vergangenheit akzeptieren, die so anders ist als die Ihre?«

Sie ließ seine Frage einen Moment in der Luft hängen. Wusste sie, wie sie ihn quälte? »Ich denke, das kann ich.« Sie klang so ernst, dass ihm der Atem in einer Mischung aus Angst und Erregung stockte. »Unter einer Bedingung.«

Er würde ihr den Mond zu Füßen legen, wenn das bedeutete, dass sie die Seine würde. »Alles.«

»Würde es Ihnen etwas ausmachen, die Tür zu schließen?«

KAPITEL 10

*E*s war eine dreiste Bitte, doch er hatte gesagt, dass ihm ihre Unabhängigkeit gefiel. Oder so etwas in der Art. Er hatte ihr einen Heiratsantrag gemacht, und das musste heißen, dass er sie so mochte, wie sie war. Sie musste ihre Zunge nicht im Zaum halten, oder in Bezug ihrer Wünsche um den heißen Brei reden. Ihr stand frei, die Frau zu sein, die sie sein wollte.

Er blinzelte sie kurz an. Dann formte er die Lippen zu einem Lächeln und stand auf, um die Tür zu schließen. Er marschierte zum Fenster hinüber und zog die Vorhänge zu – *wie umsichtig.*

Als er zum Sofa zurückkehrte, war seine Miene wieder ernüchtert. Sein Blick war intensiv geworden und in den blau-grauen Iris loderte die gewohnte Leidenschaft. Sie hatte gedacht, sich in ihnen verlieren zu können und jetzt wollte sie herausfinden, ob sie sich in *ihm* verlieren konnte.

Ihr Puls war bereits schneller geworden, doch nun beschleunigte er sich noch mehr, als sie erwog, was sie zu tun gedachte. Sie war nicht ängstlich oder beunruhigt, sondern glücklich, dies mit ihm zu teilen – einem gütigen und aufrichtigen Mann, der jeden Traum überstieg, den sie je gehegt hatte.

Sie rutschte bis zur Sofakante. »Was soll ich tun?«

Er setzte sich neben sie. »Alles, was du willst.« Mit der Fingerspitze strich er über ihre Schläfe und dann ihr Ohr, was sie vor Vorfreude erschaudern ließ. »Ich möchte, dass du dein Haar öffnest, doch ich glaube nicht, dass das eine gute Idee ist. Du solltest vielleicht nicht in einem Zustand nach Hause kommen, dem man ansieht, dass du vernascht wurdest.«

Seine Worte heizten sie auf und ließen die Wärme durch ihre Adern pulsieren. Ein Ziehen machte sich in ihrer Magengrube bemerkbar, und es wanderte tiefer. »Und so werde ich aussehen?«

»Das könntest du, aber ich glaube nicht, dass Mrs. Harwood davon begeistert wäre. Wir sollten vielleicht ein bisschen diskreter sein. Ich werde mir vornehmen, deine Frisur nicht in Unordnung zu bringen. Natürlich nur, wenn du es wirklich tun willst.« Er schaute ihr forschend ins Gesicht. »Wir können warten, bis wir verheiratet sind.«

Sie nahm sein Gesicht in ihre Hände. »Nein, ich will nicht warten. Ich will dich gleich jetzt. Gleich hier. Sag mir, was ich tun muss. Zeig es mir.«

Er schob eine Hand in ihren Nacken und zog sie zu sich. Seine Nase stupste an ihre Wange, ehe er ihre Lippen fand. Der Kuss war sanft und entsprach überhaupt nicht dem, wonach sie sich sehnte. Das Feuer, das er in ihr entfacht hatte, bettelte darum, geschürt zu werden. Sie hielt den Kopf schief und schob die Hände weiter über seine Wangen und die Kieferlinie zurück. Seine Haut war warm und glatt und er duftete nach Nelken. Ungeduldig, ihn zu schmecken und auch zu fühlen, öffnete sie den Mund.

Er beantwortete ihre Aufforderung mit seiner Zunge,

die er zielstrebig und voller Leidenschaft in ihren Mund drängte. Dann saugte er an ihrer Zunge und das Gefühl war schockierenderweise wundervoll. Sie neigte sich näher zu ihm und presste sich mit ihren Brüsten an seinen Oberkörper. Doch da waren zu viele Kleidungsstücke zwischen ihnen. Sie wollte seine bloße Haut fühlen.

Sie schob die Hände an seinem Hals hinunter und dann fing sie an, seine Frackaufschläge auseinander zu ziehen. Er erkannte ihre Absicht sofort und schüttelte das Kleidungsstück ab. Während der ganzen Zeit küsste er sie intensiv und unbarmherzig. Eine Woge der Wollust überkam sie und setzte sich in ihrem tiefsten Inneren fest.

Er streichelte mit den Fingern über ihren Rücken und dann brach er den Kuss ab. Doch er zog sich nicht zurück. Er murmelte an ihren Lippen und knabberte zwischen seinen Worten an ihrem Mund. »Wie«, *knabber*, »wird dein Kleid«, *knabber*, »ausgezogen?« Und dann küsste er sie erneut, ohne auf ihre Antwort zu warten, als ob er sich einfach nicht zurückhalten konnte. Ein Nervenkitzel elektrisierte sie und sie lächelte unter seinem Kuss.

Sie folgte seinem Beispiel und zog sich einen Moment zurück. »Es ist«, *Kuss*, »auf der Vorderseite geschnürt.« Sie deckte den Mund über seinen und ließ den Kuss mit aller Leidenschaft wieder aufleben, die in ihr aufflammte. Dann machte sie sich daran, ihr Mieder aufzuschnüren. Glücklicherweise gesellten sich seine Hände zu den ihren, denn sie hatte große Schwierigkeiten, sich auf etwas derart Geistloses wie das Öffnen eines Kleides zu konzentrieren.

Daniel hatte diese Schwierigkeit nicht. Im Handumdrehen klaffte ihr Mieder auf und er zog es ihr von den Schultern, womit er ihr Korsett gänzlich entblößte. Dann kehrte seine Hand zu ihrem Rücken zurück und er zog an den Bändern, bis das Kleidungsstück gelockert war. Er strich über ihre Arme und schob die schmalen Träger von ihren Schultern. Das Gefühl des Stoffs, der über ihre empfindsame Haut glitt, löste einen köstlichen Schauder aus.

Er löste den Mund von ihrem und leckte ihre Kehle hinab bis zu ihrer Halsgrube. Einmal dort angekommen, übersäte er sie mit Küssen und knabberte an ihrer Haut. Unter seiner Fürsorge warf sie den Kopf in den Nacken, während sie ihm in überaus sündiger Weise die Brüste entgegenreckte. Doch das kümmerte sie nicht. Es verlangte sie nach mehr.

Er glitt mit den Händen in ihr Korsett und legte sie um die Unterseite ihrer Brüste. Sie fühlten sich voll und schwer an und seine Berührung verstärkte die Empfindung noch. Sein Mund wanderte tiefer, während er an ihrem Hemd zog und ihre Brüste von dem Kleidungsstück befreite. Und dann war sein Mund *dort*. Er bedeckte ihre Brust mit der gleichen köstlichen feuchten Hitze seiner Küsse. Er zupfte mit den Fingerspitzen an einer Brustwarze, während er die andere leckte und saugte. Die Empfindung strahlte unmittelbar bis zu ihrem Geschlecht, und sie presste die Beine zusammen, um das Ziehen zwischen ihren Oberschenkeln zu lindern.

Ungeduldig packte sie seine Krawatte und zog den Knoten auf. Als der Stoff sich lockerte, schlug ihr sein Nelkenduft entgegen. Sie holte tief Luft, denn sie liebte den Duft und sie wusste, dass sie ihn für immer mit der Art und Weise in Verbindung bringen würde, wie er sie fühlen ließ – wunderschön, begehrt, machtvoll.

Plötzlich zog er sich von ihr zurück und setzte sich auf dem Sofa auf. »Nein, nein. Das ist nicht richtig. Ich kann das nicht tun.«

Kalte Luft strich über ihre entblößten Brüste hinweg und dämpfte ihre Erregung wie ein Eimer Wasser aus dem englischen Kanal. »Wie bitte?« Verständnislos blinzelte sie ihn an.

Er stand auf.

Ihr Unglauben kämpfte gegen ihren aufsteigenden Zorn an. »Du wirst mich jetzt nicht verlassen.«

Seine Lippen kräuselten sich zu einem sinnlichen Lächeln. »Nein. Aber du hast für das erste Mal etwas Besseres verdient.« Er beugte sich vor und hob sie mühelos in seine Arme. »Mein Schlafzimmer ist gleich hier durch.«

Er stieß die Tür zu einem kleinen Arbeitszimmer mit der Schulter auf und dann schritt er durch eine weitere Tür. Dieser Raum war recht groß und lag an der Rückseite des Hauses. Ein riesiger Kamin nahm eine halbe Wand ein und ein breites Himmelbett die Hälfte der gegenüberliegenden Seite.

Bei der Mühelosigkeit, mit der er sie trug und vorsichtig auf das Bett legte, fühlte sie sich ungemein feminin oder vielleicht steigerte es auch nur seine Männlichkeit. So oder so, trug dies nur zu ihrer Erregung bei. Sie stand auf und nun war es an ihm, perplex dreinzuschauen.

Er runzelte die Stirn. »Wohin gehst du?«

»Nirgendwohin.« Sie kickte die Schuhe von den Füßen, stieg aus ihrem Kleid, das sie ihm überreichte und dann ließ sie das Korsett folgen.

Seine Mundwinkel zuckten und er legte die Kleidungsstücke auf einen Stuhl. Er gab sich große Mühe, damit sie nicht zerknittert aussähen, aber Vorsicht war eindeutig nicht ihre Stärke. Sie riss sich das Hemd über den Kopf und ließ es auf den Boden fallen, womit sie nur noch ihre Strümpfe und Strumpfhalter trug.

Er kam heran und wollte das Hemd aufheben, doch sie fasste ihn um das Handgelenk. »Lass es liegen. Zeig mir, wie es sein soll. Lass mich vernascht aussehen. Bringe mich dazu, mich vernascht zu *fühlen*.« Atemlos und ängstlich, dass sie mit ihrer dreisten Zunge zu weit gegangen sein könnte, wartete sie auf seine Antwort.

Sein Blick schweifte über ihren beinahe nackten Körper. Er streckte die Hand aus und fuhr mit den Fingern über ihren Brustkorb bis zu ihren Hüften. Dann kniete er sich und schob einen Finger unter ihren Strumpfhalter. Mit einem Schnippen seines Daumens löste er den Verschluss und der Halter rutschte von ihrem Bein. Dann rollte er den Strumpf genüsslich über ihr Knie die Wade hinunter, und er hielt ihren Fuß in die Höhe, als er ihn abstreifte und achtlos hinter sich warf.

Sie unterdrückte ein Grinsen angesichts seiner Achtlosigkeit und war sehr froh, dass sie ihn mit ihrer Dreistigkeit nicht verscheucht hatte. Dann ging er zu ihrem anderen Bein über, doch dieses Mal hielt er es mit einer Hand, während er erst den Strumpfhalter und dann den Strumpf auszog. Sie vergaß alles außer dem Gefühl seiner Handfläche an ihrer Haut und dem sanften Gleiten des Strumpfs von ihrem Bein.

Als sie endlich völlig nackt war, sah er zu ihr auf, und für einen Moment verspürte sie Panik. Was tat sie hier?

Er musste es wahrgenommen haben, denn er hielt inne. Dann gab er ihr einen zärtlichen Kuss auf die Hüfte. »Du musst mir nur sagen, dass ich aufhören soll, und ich werde es tun. In der Zwischenzeit plane ich, deine Bitte zu erfüllen. Aber sei gewarnt, denn das Entzücken ist eine ernsthafte Angelegenheit, und zum Genießen bestimmt. Du musst mir sagen, was dir gefällt und was nicht. Was du möchtest und was du nicht möchtest.«

Die ganze Zeit, während er redete, hatte er seine Hand über ihr Geschlecht gebreitet. Mit seinem Daumen liebkoste er zärtlich ihre Schamlippen. Ihre Knie bebten, als

Empfindungen über sie hinwegrollten, von denen sie noch
nie eine Ahnung gehabt hatte.

Sie schaffte es, die Worte zu finden, um ihre Wünsche
auszudrücken – denn er hatte sie instruiert, das zu tun.
»Ich möchte dich auch nackt.«

»Kannst du einen Augenblick warten?«, fragte er,
während seine Konzentration ganz auf ihr Geschlecht
gerichtet war. »Ich bin nur gerade viel zu fasziniert hier-
von. Und ich fürchte«, er drückte seinen Daumen fester
auf ihre Haut, »ich kann mich einfach nicht losreißen.« Er
beugte sich vor und sie spürte die Hitze seines Atems an
ihr. Gott, er sah sie auf solche Weise an und seine Finger
berührten sie wie noch nie jemand zuvor … Sie konnte nur
voller Staunen hinschauen.

»Spreize deine Beine ein bisschen«, forderte er sie so
dicht an ihrer Haut auf, dass sie die Worte ebenso hörte,
wie sie sie fühlte. Sie kam seiner Bitte nach. Mit diesem
größerem Zugang schob er den Daumen höher, bis er eine
Stelle fand, die so delikat und empfindlich war, dass die
geringste Berührung ihre Hüften vorschnellen ließ. Für
einen kurzen Augenblick kniff sie die Augen zu, als die
Wonne ihren Körper durchrüttelte. »Du bist genauso
empfänglich, wie ich mir vorgestellt hatte. Eine Frau wie
du muss einfach leidenschaftlich sein. Zeig es mir, Jocelyn.
Zeig mir wie sehr.«

Er strich mit dem Daumen über sie und neckte diese
Knospe, bis sie erbebte und das Verlangen in ihr sie bis zu
einem unerträglichen Grad aufheizte. Er fasste sie um die
Hüfte und hob sie so herum, dass sie auf der Bettkante saß.
Dann drückte er ihre Beine weit auseinander und öffnete
sie damit nun gänzlich für sich. Sie konnte nur in hoff-
nungsloser Hingabe zuschauen, als seine Daumen sich auf
ihrem Geschlecht trafen. Er streichelte sie sanft, aber zielstrebig und dann öffnete er sie. Er neigte den Kopf hinab

und dann war seine Zunge auf ihr, und er liebkoste sie mit einem allerintimsten Kuss.

Er dirigierte ihre Beine über seine Schultern und legte die Hände um die Hinterseite ihrer Oberschenkel. Sein Kuss vertiefte sich und entwickelte sich zu einer Abfolge von Lecken und Saugen, die ihr Geschlecht in einer stetig zunehmenden Welle der Wonne bearbeiteten. Mit jeder quälenden Wiederholung verlor sie mehr und mehr ihren Verstand. In ihrem Inneren baute sich ein Druck auf, und sie lechzte nach einer Erlösung, von der sie nicht sicher war, ob sie sie finden würde. Sie fasste ihn um die Hinterseite seines Kopfes auf der Suche nach etwas, woran sie sich festhalten konnte. Seine Zunge wirbelte über diese Stelle und sie reckte sich ihm entgegen.

Mehr. Bitte.

Sie stöhnte und beschämenderweise erkannte sie, dass sie ihre Bitte laut ausgesprochen hatte. Doch andererseits war sie froh darüber, denn als Antwort glitt er mit dem Finger in sie hinein. Es gab einen scharfen Stich, der jedoch schnell verebbte. Sie stieß gegen seinen Widerstand und er beschleunigte die Bewegungen seiner Zunge, womit er sie an den Rand von etwas trieb. Unbarmherzig stieß er nun in sie hinein und wieder heraus, womit er eine köstliche Reibung erzeugte. Dann saugte er an ihr und ihre Welt explodierte.

Sie schrie auf und ihre Hüften ruckten. Er hielt sie fest und mit Mund und Fingern beschwichtigte er ihren Höhepunkt, als Welle um Welle der Wonne ihren Körper durchrüttelten. Allmählich nahm die Welt wieder Gestalt an, doch sie war strahlender, klarer und schöner als je zuvor.

Sie schlug die Augen auf, denn sie hatte sie geschlossen, als sie ihren Höhepunkt überschritten hatte. Er sah mit seinem eindringlichen Blick zu ihr auf, und ja, endlich verlor sie sich in seinen Augen. Und sie glaubte nicht, dass sie je gefunden werden wollte.

∿

aniel blickte zu ihren seligen Gesichtszügen auf und verspürte eine Welle männlichen Stolzes. Er hatte schon viele Frauen befriedigt, doch noch nie hatte er diese markerschütternde Zufriedenheit empfunden. Und er hatte nur ihr Befriedigung verschafft. Er zitterte beinahe vor Begierde, als er sich vorstellte, wie es sein musste, mit ihr zu schlafen.

Ihre Wangen waren errötet und ihre Lippen vor Staunen geteilt. Sie sah ein bisschen vernascht aus, aber das könnte er noch weitaus besser machen. Die Frage war, ob er das tun sollte? Es wäre vielleicht das Beste, wenn sie jetzt aufhörten.

Er beschloss, sich vorzufühlen. »Wie fühlst du dich?«

»Überwältigt. Ich hatte mir nie vorgestellt …« Benommen schüttelte sie den Kopf. »Ich dachte, wir würden, ich meine … das ist nicht, was ich erwartet hatte.«

Er setzte sich auf die Fersen zurück und liebkoste ihre immer noch bebenden Oberschenkel. »Und was hattest du erwartet?«

»Dich in mir. Auf mir. Unsere Körper vereint.«

Ihre Worte fachten seine Lust an. Er wollte all diese Dinge und dachte an all die vielen Möglichkeiten, wie er jede einzelne verwirklichen konnte. Plötzlich war er ungeduldig und wollte alles mit ihr jetzt gleich teilen. Aber sie hatten ein ganzes Leben vor sich.

Er stand auf. »Das können wir immer noch tun, wenn du willst.«

Ihre Lider senkten sich verführerisch und sie konzentrierte ihre herrlichen haselnussbraunen Augen auf ihn.

»O ja, das will ich. Ich denke, du hast zu viel Kleidung am Leib.« Mit einer Geschwindigkeit, die er angesichts der Laszivität, die sie noch vor einem Augenblick erfüllt hatte, kaum für möglich hielt, glitt sie vom Bett auf die Füße.

Sie zog ihm die Krawatte vom Hals und dann fing sie an, die Knöpfe an seiner Weste zu öffnen. Er ließ sich das Kleidungsstück von ihr ausziehen und das Hemd aus der Hose ziehen. Doch als sie mit ihren Händen die Kleidung nach oben schob und über seine nackte Haut glitt, verlor er alle Geduld. Er fasste den Saum seines Hemds und riss es sich über den Kopf. Es hatte kaum seine Fingerspitzen verlassen, ehe er sich vorbeugte und seine Stiefel und Strümpfe auszog. Ihre Finger lagen auf seinem Schritt, ehe er sich mit endlich nackten Füßen aufrichtete. Sie öffnete die Knöpfe und er schob erst seine Hose und dann seine Unterwäsche herunter.

Sie hörte auf, sich zu bewegen und heftete den Blick auf seine Erektion. Verdammt, er hätte mit dem Ablegen der Unterwäsche warten sollen. Doch dann berührte sie die Spitze seines Penis vorsichtig mit den Fingern und er hätte sich fast in ihrer Hand erlöst. Nein, die Unterwäsche abzulegen war die beste Idee seines Lebens gewesen.

»Ist das akzeptabel?« Ihr Tonfall war leise und verhalten.

»Es ist so viel mehr als akzeptabel.« Er klang, als wäre er mehrere Treppen auf einmal hinaufgerannt, aber er konnte jetzt einfach nicht richtig Luft holen. Nicht, wenn ihre zarten Finger mit einer unschuldigen Präzision über seinen heißen Schaft streichelten, die ihn um den Verstand brachte.

»Du bist so hart und heiß.« Mit ihrer anderen Hand liebkoste sie seine Brust und glitt mit schwindelerregender Wirkung über seinen Brustkasten und den Bauch. Sie wanderte höher auf seine Brustwarze zu. »Wie fühlt es sich an, wenn ich sie berühre? Ist es, wie ich es fühle, wenn du mich berührst?« Sie zwickte die Brustwarze mit ihren Fingern.

Seine Leiste pochte vor Begierde. »Es fühlt sich gut an. Wie fühlt es sich für dich an?« Irgendwie fand er es unumgänglich, eine ihrer Brüste mit seiner Hand zu umkreisen. Er legte die Handfläche darum, krümmte sie und dann zog er an ihrer vergrößerten Brustwarze. Sein Mund wurde feucht und er beugte sich vor, um die Lippen darum zu legen.

»Oh, es fühlt sich unsäglich köstlich an.« Sie stöhnte und schlang die Hand um seinen Schaft. Ihr Griff war herrlich fest und heiß.

Er saugte an ihrer Brust und sie stemmte sich seinem Mund entgegen. Instinktiv reckte er sich ebenfalls und sein Schaft glitt ihre Handfläche entlang. Ihr Griff wurde nicht lockerer, und die Reibung war so köstlich, dass er vor Freude darüber laut aufschreien wollte. »Ja«, drängte er sie. »Genau so.«

Sie verstand, denn sie fing an, ihre Hand zu bewegen. Zur Spitze hinauf und zurück zum Ansatz. Sie gab einen Rhythmus vor, der ihn dazu brachte, sich in ihre Hand zu drängen. Bei jeder Bewegung spannten sich seine Hoden mehr an. Er musste dem ein Ende machen, wenn er sich nicht in ihrer Hand erlösen wollte. Die Vorstellung war erotisch und fachte seine Lust bis zu einem noch höheren Grad an, doch dafür, und für so viele andere Dinge, gab es noch genug Zeit. Jetzt wollte er ihr geben, was sie sich wünschte. Sie bedecken. Ihre Körper verbinden. In sie gleiten.

Ohne auf ihre Frisur zu achten – und den Umstand, dass sie von ihm ablassen musste –, hob er sie hoch und warf sie sanft auf das Bett. Sie schnappte vor Überraschung nach Luft und ihre Augen weiteten sich ein wenig.

»Das nennt sich Vernaschen, mein Liebling.« Genüsslich betrachtete er ihre zierliche Gestalt, ihre kleinen, vollen Brüste, die verlockende schmale Taille und die sanfte Neigung ihrer Hüften. Sie war exquisit und sie war die Seine. Stolz und Dankbarkeit erfüllten ihn. Nie hätte er geglaubt, eine Frau wie sie zu finden. Die Liebe zu finden.

»Dann vernasche mich. Bitte.« Sie streckte eine Hand nach ihm aus und mehr brauchte er nicht zur Ermunterung.

Mit einem lustvollen Knurren stieg er auf das Bett und legte sich auf sie, sodass sein großer Leib den ihren bedeckte. Sofort war er von Sorge wegen ihrer unterschiedlichen Größe erfüllt. »Tue ich dir weh?«

Sie rückte sich unter seinem Gewicht zurecht uns spreizte die Beine so, dass er sich zwischen ihre Oberschenkel schmiegen konnte. »Nein. Du fühlst dich herrlich an.« Sie streifte mit ihren Brüsten über seinen Oberkörper und er fühlte ihre Brustwarzen über seine Haut gleiten. Gott, sie wusste genau, was sie da tat. Seine neugierige, furchtlose, unvergleichliche Jocelyn.

Er streckte die Hand zwischen sie und streichelte ihre Klitoris. Darauf warf sie sofort den Kopf in den Nacken und stieß ein kleines erotisches Wimmern aus. Ihre Schenkel spreizten sich und Feuchtigkeit überzog seine Finger, als er ihren Eingang streichelte.

»Ungerecht«, stieß sie atemlos hervor.

Wieder legte sie die Hand um seinen Schaft und schob sie auf und ab.

»Jocelyn«, presste er hervor. »Bitte, führe mich in dich ein, Liebling. Ich muss dich fühlen.« Er drückte ihre Schamlippen auseinander und drängte mit seiner Spitze an ihre Öffnung. »Genau so. Hilf mir einfach, in dich zu gleiten.«

Vorhin, als er mit dem Finger in sie eingedrungen war,

hatte er einen leichten Widerstand gespürt, doch jetzt fühlte sie sich einfach nur eng an. Er ging langsam vor. Gott, es war so schwer, sich davon abzuhalten, in sie zu dringen, insbesondere da ihre Hand immer noch um den Ansatz seines Schafts lag.

Als sie tief Luft holte, wurde er sogar noch langsamer. Der Schweiß lief ihm bei seiner Anstrengung über den Nacken.

»Sag mir, wenn du möchtest, dass ich aufhören soll.« Gott helfe ihm, wenn sie das tat.

»Du bist so groß.«

Er lächelte bei der Ungläubigkeit in ihrem Tonfall. »Oder du so klein.«

Sie gab ein verzerrtes Geräusch von sich.

Er hielt inne und gab ihr einen Augenblick Zeit, sich ihm anzupassen. »Bereit?«

Sie nickte unter ihm. Er glitt weiter in sie und sie musste ihre Hand bewegen. Sie strich über seine Hüfte und legte sie dann auf seine Hinterbacke, um sie fest zu drücken, als er ganz in sie glitt. Himmel, sie war spektakulär.

Sie war so fest und heiß. Er machte sich Sorgen, dass er ihr wehtat. »Bist du sicher, dass alles in Ordnung ist?«, fragte er.

Sie legte die freie Hand um seine Wange. »Daniel, mir ist bewusst, dass ich eine kleine Person bin und unerfahren in dieser Sache, aber du wirst mich nicht beschädigen.« Sie lächelte zu ihm auf. »Ich bin ganz und gar bereit, mich vernaschen zu lassen.«

»Dein Wunsch ist mein größtes Begehr.« Er zog sich aus ihr zurück und drängte erneut vor, ohne sie dabei aus den Augen zu lassen. Sie riss die Augen auf und formte den Mund zu einem O.

Wieder zog er sich zurück und stieß erneut in sie.

Langsam und methodisch brachte er ihren Körper dazu, seinen zu akzeptieren. Und so wie sie ihre Beine um seine Hüften schlang, hatte sie offenbar keine Schwierigkeiten damit. Nach einigen weiteren Stößen ließ sie den Kopf in den Nacken sinken und mit einem Flattern der Lider schloss sie die Augen. Sie hielt seinen Hintern und seine Schulter fest umklammert.

Durch jeden Stoß wurde sie heißer und feuchter, bis er mit Leichtigkeit in sie hinein- und wieder herausglitt. Sie begegnete ihm, indem sie die Hüften bog, und drängte ihn dabei wortlos zu einem schnelleren Tempo. Er gehorchte und bewegte die Hüften immer schneller und häufiger, wobei er den Schaft genau in den richtigen Winkel brachte, um damit an ihre Klitoris zu soßen. Irgendwo tief in ihrer Brust brach sich ein Stöhnen Bahn und mit ihrer anderen Hand wanderte sie seinen Rücken hinunter, um ihn noch fester an sich zu drücken. Anhand des fieberhaften Zuckens ihrer Hüften und dem verzweifelten Klammern mit ihren Händen, konnte er spüren, wie sich ihr Orgasmus aufbaute.

Er bewegte sich schneller und reagierte auf ihr Verlangen mit seinem eigenen. Seine Hoden zogen sich aufgrund seiner bevorstehenden Erlösung zusammen. Er griff zwischen sie und dann drückte er ihre Klitoris. Sie explodierte augenblicklich und öffnete ihren Mund zu einer Abfolge von Wimmern und Stöhnen, die ihn zum Höhepunkt trieben.

Mit einem letzten Stoß erlöste er seinen Samen in sie, und sein Orgasmus überkam ihn mit einer weißglühenden Glückseligkeit, wie er sie noch nie erlebt hatte. Er schrie ihren Namen und stieß immer wieder in sie, bis er vollkommen erschöpft war.

Einige Minuten später rollte er sich auf die Seite und zog sie an sich. Sie wandte ihm den Kopf zu und blickte

ihn an. Ihre Augen waren ein bisschen glasig und ihre Haut
rosig, und einige Haarsträhnen hatten sich gelöst. Sie sah
hinreißend vernascht aus. Er lächelte. Sie würden ihre
Frisur richten müssen, ehe er sie nach Hause brachte.

»Warum lächelst du?«, fragte sie und schmiegte sich
an ihn.

»Sollte ich das nicht tun?«

Sie erwiderte sein Lächeln. »Natürlich solltest du das.
Das war wundervoll.« Sie blickte zu ihm auf, plötzlich
ernst. »Wie lange müssen wir noch warten, bis wir Hochzeit halten können?«

Er lachte. »Ich werde das Aufgebot diesen Sonntag
verlesen lassen. Du musst dich entscheiden, wo du
heiraten möchtest.«

»Ich? Was ist mit deinen Wünschen?«

Er gab ihr einen Kuss auf die Stirn. »Mir ist alles recht,
was immer dich glücklich macht. Wir können auf dem
Weg zu dir nach Hause darüber reden. Ich sollte dich
wirklich nach Hause bringen. Was wirst du Mrs. Harwood
darüber erzählen, wo du gewesen bist?«

»Ich werde einfach sagen, dass wir eine Ausfahrt in den
Park unternommen haben. Bei meinem Aufbruch hat sie
ohnehin geschlafen.«

»Das war nach deinem Treffen mit Aldridge.« Auf der
Stelle wünschte er sich, ihn nicht erwähnt zu haben. Ein
dunkler Schatten legte sich über ihre Glückseligkeit nach
dem Liebesakt.

»Ja.« Sie fuhr mit dem Finger über seine Brust, was ihn
ein wenig von dem verflixten Earl ablenkte. Doch dann
fragte sie: »Was wirst du gegen ihn unternehmen?«

Er war sich nicht sicher. Aldridge war nun über
Daniels Ermittlungen gegen ihn im Bilde. Er konnte nur
hoffen, dass Jagger dennoch imstande sein würde, Beweise
gegen ihn zu liefern, doch er sah ein, dass die Chancen

dafür gering waren. Es wäre vielleicht besser, wenn er zu ihm ginge und die Dinge einfach offenlegte. Und was dann?

»Wirst du ihm erlauben, seine Aktivitäten fortzusetzen?«, fragte sie und kleidete seinen inneren Dialog damit in Worte.

»Wenn ich das tue, bin ich nicht besser als zuvor. Aber ich habe keine Beweise gegen ihn, und ihre Beschaffung könnte sich als schwierig erweisen.«

»Nicht, wenn er weitermacht. Kannst du ihm nicht eine Art Falle stellen?«

Er starrte sie erstaunt an. »Du hast einen teuflisch scharfen Verstand, weißt du das?« Sie lächelte und er küsste sie auf die Nasenspitze. »Das könnte ich vermutlich, doch jetzt, da er weiß, dass ich gegen ihn ermittle, könnte er so etwas erwarten.«

Sie zuckte zusammen. »Tut mir leid. Das hätte ich ihm nie sagen dürfen.«

»Das ist schon in Ordnung«, entgegnete er, ehe er sie küsste und seine Lippen auf ihren verweilen ließ. Sein Schaft regte sich aufs Neue, und das hieß, dass sie jetzt gehen mussten, denn sonst würde ihre Abwesenheit tatsächlich bemerkt werden. Noch einmal küsste er sie innig und ausgiebig, denn es musste reichen, bis sie sich das nächste Mal sahen. Gleichwohl sie eine zehn bis fünfzehnminütige Kutschfahrt zu ihrem Stadthaus vor sich hatten ...

Sie saugte an seiner Zunge und legte die Finger um seinen Nacken. Mit einem Stöhnen entzog er sich ihr. »Wir sollten gehen.«

Seufzend reckte sie sich, was seine Aufmerksamkeit unmittelbar auf ihre Brüste lenkte. »Wahrscheinlich.«

Er drehte sich um und sprang praktisch vom Bett, ehe er sich dort noch einmal mit ihr lieben würde.

Sie setzte sich auf und blickte ihn mit einem verführerischen Lächeln an. »Wie sehe ich aus?«

Er betrachte ihre unordentliche Frisur, die zwar noch immer aufgesteckt war, doch aus der die Strähnen in alle Richtungen abstanden, und ihre vom Küssen geröteten Lippen. »Vernascht.«

»Dann danke ich Ihnen, Sir.«

Unvergleichlich.

KAPITEL 11

So fühlte sich also die Liebe an.

Daniel staunte die gesamte Kutschfahrt bis nach Hause, einschließlich dem Halt, den er einlegte, um Jocelyn Blumen zu kaufen - keine, die er mit Namen benennen konnte - und sie zu ihr nach Hause liefern ließ. Er staunte, als er Goring bat, seinem Kammerdiener aufzutragen, ein Bad zu richten. Er staunte, als er die Treppe hinaufging und dabei überlegte, welche Art von Verlobungsring er kaufen sollte, um sich dann zu rügen, weil er ihn nicht schon vorher gekauft hatte. Aber andererseits taten sie offensichtlich alles in der falschen Reihenfolge, bedachte man, was sie gerade getan hatten.

Nicht, dass er es bedauerte. Ganz im Gegenteil. Er würde auf der Stelle noch einmal mit ihr schlafen, wenn es nicht bestialisch von ihm wäre. Morgen vielleicht … Und dann würde er ihr sagen, dass er sie liebte, was er heute beschämenderweise nicht getan hatte. Aber das hatte sie auch nicht.

Er betrat sein Schlafzimmer und erstarrte. Jagger lümmelte sich in dem Sessel, der vor dem Kamin stand.

»Guten Tag«, begrüßte er ihn gedehnt. »Oder ist es Abend?« Er nahm Daniels hastig und liederlich gebundene Krawatte in Augenschein. »Gerade erst angezogen?«

Das anhaltende Glücksgefühl seines Intermezzos mit Jocelyn verblasste und an seine Stelle trat eine nervöse Aufgeregtheit. Hatte Jagger die Angaben von Aldridges neuester verschlüsselter Nachricht mitgebracht? »Meiner Vermutung nach sind Sie hier, um etwas abzuliefern, gleichwohl ich mir wünschte, Sie hätten sich nicht in mein Schlafgemach gestohlen.«

»Deshalb bin ich nicht hier, fürchte ich.« Jagger stützte seine Hände auf die Armlehnen des Stuhls. »Und ich werde Ihnen auch nicht die Beweise liefern, um die Sie gebeten haben.«

Dieser elende Mistkerl! Daniel schritt auf den Eindringling zu und zerrte ihn am Revers gepackt aus dem Sessel. »Was zum Teufel haben Sie dann in meinem Haus zu suchen?«

Jagger fand sein Gleichgewicht wieder und trat von Daniel zurück, um sich aus seinem Griff zu befreien. »Na hören Sie mal! Das ist ein sehr teurer Frack.«

»Den Sie sicherlich gestohlen haben und hundertfach ersetzen könnten.« Wie zum Teufel war dieser Bastard in sein Schlafzimmer gelangt? Daniel hatte den schrecklichen Verdacht, dass dieser Besuch etwas mit Jocelyn zu tun hatte.

»Letzteres stimmt, aber ich muss Ihnen sagen, dass ich ihn in der Bond Street anfertigen ließ.« Faselte dieser Mistkerl noch immer von seinem dämlichen Frack?

Daniel trat auf ihn zu und hob eine Hand, um ihn erneut am Revers zu packen. »Es ist mir schnurz, wo Sie einkaufen. Reden Sie, ehe ich das Kleidungsstück – und Sie – in Fetzen reiße.«

»Herrgott, Mann, es besteht kein Grund, auf mich

loszugehen. Ich bin hergekommen, um Ihnen zu sagen, Ihre Ermittlungen gegen Aldridge einzustellen.«

»Nein.«

Jagger zog seinen Frack zurecht und straffte die Schultern. Er war ebenso hochgewachsen wie Daniel, wenn nicht sogar ein oder zwei Millimeter größer. Seine grauen Augen wurden kalt wie Stein. »Ich frage nicht.«

»Und ich bin keiner Ihrer Lakaien.« Nicht mehr.

Jagger verriet mit keinem Anzeichen, dass er Daniels Worte vernommen hatte. »Wenn Sie Miss Renwick in Sicherheit wissen wollen, dann lassen Sie Aldridge in Ruhe und warten, bis sich das Problem von selbst löst.«

Der Hundesohn wusste ihren Namen? Daniel bekam ihn erneut am Revers zu fassen, doch Jagger schüttelte ihn ab und zog ein Messer aus seinem Stiefel.

Daniel zog sein eigenes Messer aus der Scheide, die ebenfalls in seinem Stiefel steckte. »Wollen Sie dies wirklich so regeln?«

»Ganz und gar nicht, doch Sie scheinen nicht daran interessiert zu sein, Vernunft anzunehmen. Ich versuche, Ihnen zu helfen.«

»Indem Sie meiner Verlobten drohen?«

Jagger neigte den Kopf, als würden sie zusammen Tee trinken und nicht mit Messern herumfuchteln. »Herzlichen Glückwunsch. Dann sollten Sie meinen Rat wirklich beherzigen.« Er ließ die Waffe sinken und in einer bittenden Geste hob er die andere Hand. Dann schob er das Messer wieder in seinen Stiefel. Er blinzelte Daniel an, von dem er eindeutig erwartete, dass er dasselbe tat.

Daniel kam seinem Wunsch nach, doch er behielt ihn mit einem eisigen Blick im Visier. »Warum sollte ich auf Sie hören?«

»Um sich selbst und Ihre Verlobte zu schützen. Das

Problem mit Aldridge wird sich in Kürze von selbst lösen. Das können Sie mir glauben.«

Als ob er einem Opiumabhängigen vertrauen würde. »Wie soll sich das Problem lösen?«

Jaggers Mundwinkel zuckten, doch es spiegelte sich kein Humor in seiner Miene. »Ich glaube nicht, dass Sie das tatsächlich wissen wollen.«

War etwa Aldridges Ermordung geplant? Ganz gleich, welche Verbrechen der Mann auf dem Gewissen hatte, konnte er nicht zulassen, dass Jagger oder einer seiner Kumpanen ihm den Garaus machte. »Das kann ich nicht erlauben.«

»Warum, weil er ein Earl ist?« Jagger schüttelte den Kopf. »Er ist seit Jahren in kriminelle Machenschaften verwickelt. Es wurden schon Männer für weit weniger gehängt als er.«

Daniel ballte die Fäuste. Aldridge sollte für seine Verbrechen bezahlen, das wollte er, aber nicht auf diese Weise. »Das ist nicht rechtens. Er muss vor Gericht gestellt werden, und dann wird er ins Gefängnis gehen.«

Obwohl er wahrscheinlich keine hohe Strafe absitzen würde, aber das spielte keine Rolle. Seine Karriere als Verbrecher wäre beendet. Die arme Lady Aldridge – wusste sie von den Verbrechen ihres Mannes, oder war sie ebenso unschuldig wie Jocelyn?

Jagger kniff die Augen zusammen. »Sie verstehen nicht, worum es geht. Gin Jimmy wird nicht riskieren, dass Aldridge vor Gericht gestellt wird.« Weil er mehr von Gin Jimmys Operationen ans Licht brächte.

Daniel versuchte, an Jaggers eigenen Überlebenssinn zu appellieren. »Warum verschwenden Sie so viele Gedanken an Jimmy? Eines Tages wird er zu Fall kommen, und das würde Ihnen bestimmt nützen.«

Jaggers scharfes Gelächter hallte durch das Zimmer.

»Das ist verdammt unwahrscheinlich. Ich will seinen Posten nicht.« Er ernüchterte und sah Daniel direkt in die Augen. »Sie können nichts tun, um zu verhindern, was angeordnet worden ist. Und falls Sie das versuchen ... Nun, Sie wissen über Gin Jimmys Taktiken Bescheid.« Wer ihm in die Quere kam, blieb für den Rest seines Lebens gezeichnet. Die Furcht um Jocelyn brannte Daniel innerlich aus. »Wenn er Miss Renwick etwas antut, werde ich ihn zur Strecke bringen und ausweiden.«

Jagger zog eine pechschwarze Augenbraue hoch. »Ich glaube, Sie haben Ihre Gefühle für Miss Renwick deutlich zum Ausdruck gebracht. Also tun Sie, was Sie tun müssen, um sie zu beschützen.«

»Ich traue Gin Jimmy nicht. Oder Ihnen.«

»In dieser Sache sind wir Ihre Verbündeten. Sie ist in weit größerer Gefahr durch Aldridge als durch uns. Lassen Sie uns gewähren, und Sie können mit ihr ‚glücklich bis an Ihr seliges Ende‘ segeln.«

Der Mistkerl hatte recht. Aldridge war eine enorme Bedrohung. Obwohl Daniel einen Bow Street Polizisten in der Hertford Street stationiert hatte, reichte das nicht. Er musste umgehend zu ihr gelangen.

~

*N*achdem sie ein schnelles, erholsames Bad genommen und sich für die Dinnerparty der Pellinghams angezogen hatte, ging Jocelyn leichten Schrittes die Treppe hinunter. Gertrude erwartete sie im Salon neben der Eingangshalle. Ihr Kopf war von einem orangefarbenen Turban umhüllt, und ihre immer noch schlanke Gestalt steckte in einem passenden Kleid. Gertrude sah ganz wie eine Matriarchin der Gesellschaft aus, die sie war. Da sie die letzten zwanzig Jahren verwitwet war und keine Kinder hatte, weilte sie mit großem Vergnügen während der Saison in London und Jocelyn war nur zu froh, in diesem Jahr das Privileg zu genießen, ihre Gesellschafterin sein zu dürfen.

»Guten Abend, meine Liebe«, begrüßte Gertrude sie mit einem prüfenden Blick. »Du siehst heute Abend reizend aus. Diese Farbe steht dir sehr gut, auch wenn sie nicht ganz angemessen ist.«

Jocelyn war sich bewusst, dass ein scharlachrotes Kleid ein Wagnis war, aber sie hatte diesen Stoff so sehr geliebt, als sie ihn vor zwei Jahren in der Bond Street gesehen hatte, dass sie fast ihr gesamtes Nadelgeld für seinen umgehenden Erwerb ausgegeben hatte. Als sie letzten Monat erfuhr, dass sie Gertrude in die Stadt begleiten würde, hatte sie sich schließlich ein Kleid daraus schneidern lassen, doch bislang hatte es ihr an Mut – oder der Notwendigkeit – gefehlt, es zu tragen.

Jetzt war sie kein Mauerblümchen mehr. Sie konnte es kaum erwarten, von Daniel darin gesehen zu werden.

Gertrude tippte sich nachdenklich an die Lippe. »Es ist aber nicht das Kleid. Ich wage zu behaupten, dass hinter dem Funkeln in deinen Augen und dem Schwung in deinem Schritt etwas anderes steckt. Moss sagte, Lord Carlyle hätte heute eine Ausfahrt in den Park mit dir unternommen.«

Sie konnte Gertrude zumindest einen Teil dessen verraten, was sich heute ereignet hatte. Tatsächlich platzte sie fast deshalb. »Lord Carlyle hat um meine Hand angehalten.«

Gertrude riss die bernsteinfarbenen Augen weit auf und formte den Mund zu einem überschwänglichen Grinsen. »Meine Güte, so rasch? Ihr habt euch doch gerade erst kennengelernt.«

»Ich weiß, es ist recht schnell passiert. Aber ich liebe

ihn und er liebt mich.« Das hatte er zwar nicht gesagt, aber sie auch nicht. Und da sie wusste, dass sie in ihn verliebt war, musste er dasselbe empfinden.

Oder etwa nicht?

Ein bohrender Zweifel wand sich durch die Tiefen ihres Geistes auf der Suche nach einer Stelle, an der er Wurzeln schlagen und gedeihen konnte, doch sie schob ihn beiseite. Sie glaubte an Daniel und ihre gemeinsame Zukunft.

Gertrude lächelte breit. »Dann bin ich überglücklich für dich, meine Liebe! Was wird wohl mein Großneffe dazu sagen?«

Er wird froh sein, dass er sein Mündel versorgt weiß, dachte Jocelyn. Es war nicht so, dass er sie als Bürde erachtete, doch ihr Vormund würde erleichtert sein, dass sie in festen Händen war, das wusste sie. Wie jede andere elterliche Figur auch.

Papa.

Ihr Herz zog sich zusammen, als sie daran dachte, wie glücklich ihr Vater wäre, sie nicht nur einen Viscount heiraten zu sehen, sondern obendrein aus Liebe, wie er es getan hatte. Sie hoffte, er würde auf sie herabschauen und jeden glücklichen Moment sehen können. Nun, vielleicht nicht *jeden* Moment.

»Daniel wird sofort an Arthur schreiben, damit das Aufgebot am Sonntag verlesen werden kann.«

Gertrude wippte mit dem Kopf. »Wunderbar. Wo werdet ihr heiraten?«

Auf ihrer Fahrt von Carlyle House hatten sie über die Hochzeit gesprochen. »Wir haben uns für Carlyle Hall entschieden, da es unser Zuhause sein wird.«

Es klopfte an der Tür, worauf Moss´ Schritte in der Eingangshalle zu hören waren. Jocelyn fragte sich, ob Daniel aus irgendeinem Grund zurückgekehrt war. Er hatte bereits Blumen für sie schicken lassen. Vielleicht ließ er noch etwas anderes liefern. Erwartungsvoll drehte sie sich um, und jäh erstarb das aufblühende Lächeln, auf ihrem Gesicht.

Ein großer, schlanker Mann mit struppigem blonden Haar stand in der Tür des Wohnzimmers. Er grinste, wobei er einen fehlenden Zahn in der oberen rechten Seite seines Mundes entblößte. »Guten Abend, meine Damen.«

Der Lärm eines Handgemenges hallte durch die Eingangshalle und drang bis in den Salon vor. Als Jocelyn Moss´ gedämpfte Proteste vernahm, schlug ihr das Herz bis zum Hals. Sie bewegte sich voran. Der große Eindringling hob eine Hand. »Bleiben Sie hier.«

Jocelyn pochte das Herz bis zum Hals. Die Augen des Mannes waren von einem klaren, stechenden Blau. Könnte er Nicky Blue sein? Sie blickte auf seine Hand, und dort hielt er das Messer in seiner Faust, welches sie in ihrem Schlafgemach gefunden hatte.

Er folgte ihrem Blick und hielt die Klinge hoch. »Ich muss Ihnen danken, dass Sie mir dies zurückgegeben haben, meine Liebe. Ich war recht verstimmt, als ich den Verlust bemerkt hatte.«

Hatte Daniel es ihm zurückgegeben? Wann? Wie? Und am allerwichtigsten: Warum?

Ein Trio von Männern stürmte an der Tür zum Salon vorbei. Sie wurden von einem anderen Trio verfolgt, das einen um sich tretenden Moss trug. Wie mutig von ihm, sich nicht kampflos geschlagen zu geben. Sie gedachte, das Gleiche zu tun. Aber ach, wie unendlich leid es ihr um Moss und die anderen tat, die das noch einmal durchmachen mussten. Obwohl die Angst innerlich an ihr nagte, reckte sie das Kinn und starrte Nicky Blue eiskalt an.

Neben ihr begann Gertrude zu zittern. »Oh, mein

lieber Herr im Himmel! Was haben Sie vor?« Ihre Stimme war ein schrilles Quieken.

Es war eine Sache, die Dienerschaft zu terrorisieren, aber eine alte Frau? Jocelyn nahm ihre Hand mit festem Griff. Sie sprach in leisem Ton dicht am Ohr der Frau. »Uns wird nichts passieren. Das verspreche ich.«

Nicky Blue deutete mit dem Daumen in Richtung Gertrude. »*Ihr* wird nichts passieren. Und Sie? Wir werden wohl abwarten müssen.« Dann lachte er, und es war ein grässliches Geräusch, das wenig mit Belustigung und alles mit Einschüchterung zu tun hatte. Oder vielleicht war er über ihre Einschüchterung amüsiert.

Gleichwohl sie von Angst durchströmt wurde, ließ Jocelyn sich nicht einschüchtern. Sie legte ihren Arm um Gertrude und zog sie an sich. Die ältere Frau zitterte. Jocelyn wollte Nicky Blue in den Fußboden stampfen, weil er ihr so viel Qual bereitete. Sie begnügte sich damit, das Offensichtliche auszusprechen. »Sie sind ein schrecklicher Mensch.«

»Ach, ich bin gar nicht so schlimm.« Er schlenderte auf sie zu und grinste sie an. »Vielleicht zeige ich es Ihnen später.«

Gertrude schnappte nach Luft. »Sie dürfen nicht so mit ihr reden!«

Nicky Blue warf Gertrude einen bösen Blick zu. »Ich kann machen, was ich will. Vielleicht ändere ich meine Meinung darüber, dass Ihnen nichts geschehen wird.«

Jocelyn trat schützend vor Gertrude. »Lassen Sie sie in Ruhe.«

Zwei Männer stapften ins Wohnzimmer und kamen auf sie zu. Jocelyn verschränkte die Arme in einer wehrhaften Geste vor sich, um Gertrude von ihnen abzuschirmen.

Nicky Blue streckte die Hand aus und zog Jocelyn an ihrem Oberarm zur Seite. »Zeit zu gehen.«

Der andere Mann packte Gertrude.

Jocelyn setzte sich gegen Nickys Griff zur Wehr und teilte mit den Ellbogen und Füßen in alle Richtungen aus, um ihn zu treffen. »Tut ihr nicht weh!«

Gertrude wurde gespenstisch weiß, als sie aus dem Zimmer gezerrt wurde. Tränen brannten Jocelyn in den Augen, als sie hilflos zusah.

Nicky zwang sie in eine feste Umarmung, wobei er ihr die Arme an die Seiten drückte und sie vorwärts zog.

Sie versuchte, ihre Füße in den Boden zu stemmen. »Wo bringen Sie mich hin? Warum sind Sie überhaupt hier?«

»Ich erledige nur meine Arbeit, meine Liebe.« Er drehte sie um, und sein schaler Atem schlug ihr ins Gesicht. »Und ich liebe meine Arbeit.«

Jocelyns Verbindung zur Realität brach ab. Sie spuckte ihm ins Gesicht und hämmerte ihren Fuß auf seinen. Dann stieß sie ihn mit aller Kraft gegen die Brust. Entgeistert ließ er sie los und wich zurück. Sie wirbelte auf dem Absatz herum und wollte in die Spülküche gelangen, um Gertrude und den anderen zu helfen. Er schlang jedoch eine Hand um ihre Taille. Sie trat nach ihm und schrie, in der Hoffnung, dass ein Nachbar den Aufruhr hören würde.

Er stöhnte, als sie ihn in einem ungewissen Körperbereich traf, aber diesmal ließ er sie nicht los. Sein Griff um ihre Taille wurde fester und er quetschte sie. Dann packte er ihr mit der anderen Hand in das auf dem Kopf aufgesteckte Haar und zog sie zurück. Ihr brannte die Kopfhaut und die Augen, als er ihren Kopf nach hinten zwang, sodass sie zu ihm aufschauen musste.

»Aufhören. Sofort. Oder ich werde dafür sorgen, dass es Ihnen leidtut, das nicht getan zu haben.« Sein Grinsen war wieder da und dieses Mal untermalte er es noch durch die Perversion, sich über die Unterlippe zu lecken und auf ihre Brüste zu starren. Seine Absicht war vollkommen klar. Dennoch konnte sie nicht aufgeben. Sie schwang die Arme, um ihn zu treffen, und er zog sie noch fester an den Haaren. Tränen sickerten aus ihren Augenwinkeln und rannen ihr über die Schläfen.

»Sie sind eine richtige kleine Furie, nicht wahr? Wenn Sie nicht aufhören, sorge ich dafür, dass Ihre kostbare alte Dame das Morgengrauen nicht mehr erlebt.«

Das wars. Jocelyn erschlaffte. Es war eine Sache, ihr zu drohen, aber eine ganz andere, Gertrude etwas anzutun. »Sie sind ein Monster«, raunte sie.

»Fertig?« Die Frage kam von der Eingangshalle.

»So gut wie.« Er drehte sie so, dass sie mit der Brust an seiner lag, und stieß ihren Kopf nach oben. Einen Moment lang war sie bei der Vorstellung, dass er sie küssen würde, wie versteinert. Ekel stieg in ihrer Kehle auf, aber sie schluckte gegen das Gefühl an. Ihren Mageninhalt über ihn zu entleeren, würde nur Verdruss für Gertrude bedeuten.

»Jetzt«, meinte er drohend, und sein Blick bohrte sich dabei in ihren, »kommen Sie ruhig mit, oder wir marschieren gleich in die Spülküche und richten dort eine Sauerei an. Nicken Sie, wenn Sie verstanden haben.«

Sie nickte und ihr letzter Hoffnungsschimmer starb. Wer würde schon merken, dass etwas passiert war? Wenn sie heute Abend nicht bei den Pellinghams auftauchten, würde Daniel sicher nach ihnen sehen, aber dann könnte es schon zu spät sein. Moment, der Bow Street Polizist war draußen! Wie waren die Männer an ihm vorbeigekommen? Ihr Magen ballte sich zusammen. Hatten sie ihm etwas Unsägliches angetan?

Sie durchquerten die Eingangshalle. Gleichwohl sie

Gertrude wegen mit ihm ging, hielt er ihren Ellbogen fest umklammert. Sie war sich sicher, dass er ihn mühelos brechen konnte, wenn er wollte.

Draußen sah sie sich schnell nach dem Polizisten um, der normalerweise die Hertford Street auf und ab ging. Gelegentlich bog er auch in die Park Lane ein und kehrte dann zurück. Sie konnte ihn nirgends entdecken.

»Halten Sie Ausschau nach ihrem Polizisten?« fragte Nicky direkt neben ihrem Ohr. »Er ist mit einem Unfall in der Park Lane beschäftigt. Pech für Sie.« Wie vorhin lachte er gackernd und der Klang ließ Jocelyn erschaudern.

Und dann wurde sie in eine Droschke geschoben. Dicke Vorhänge verdeckten die Fenster, aber eine kleine Lampe hing im Inneren und beleuchtete die Kabine.

Nicky und einer der anderen Männer stiegen mit ihr ein, während die anderen auf das Dach kletterten. Die Kutsche fuhr in Richtung Park Lane los.

»Wohin fahren wir?«, fragte sie mit einer Gelassenheit, die sie keineswegs empfand. Sie musste ruhig bleiben, wenn sie hoffen wollte, die Nacht zu überleben.

Die Laterne warf gespenstische Schatten auf sein langes Gesicht. »An einen besonderen Ort, der mir gefällt.«

Gott, hatte er sie nur entführt, um sich an ihr zu vergehen? Ihr drehte sich der Magen um und erneut drohte ihr Übelkeit. »Warum entführen Sie mich? Ich verstehe das nicht.« Sie *hoffte*, es nicht zu verstehen, aber sie fürchtete, genau das zu tun.

Er zuckte mit den Schultern. »Das müssen Sie Ihren Lord Carlyle fragen.«

Daniel sollte dahinterstecken? Ein hohler Schmerz in ihrer Brust ersetzte ihre Übelkeit. Das konnte sie nach allem, was sie zusammen erlebt hatten, nicht glauben. Er war immer offen und ehrlich gewesen und hatte ihr seine privatesten Gedanken, seine tiefsten Kümmernisse und seine sehnlichsten Wünsche anvertraut. Er würde das nicht tun.

Aldridges Warnung fiel ihr wieder ein: *Ich würde Ihnen auch raten, niemandem gegenüber zu erwähnen, was ich Ihnen gesagt habe, und insbesondere Carlyle nicht. Diejenigen, die Andeutungen über sein nicht ganz gesetzeskonformes Verhalten gemacht haben, sind manchmal einfach verschwunden.*

Obwohl ihr Herz ihr sagte, dass das nicht wahr sein konnte, wies ihr Verstand sie darauf hin, dass sie bereits verschwunden war.

KAPITEL 12

Die Fahrt zur Hertford Street schien zwei Wochen in Anspruch zu nehmen. Als Daniel endlich ankam, hatte er sich beinahe schon eingeredet, töricht zu sein.

Beinahe.

Er nahm zwei Stufen auf einmal und klopfte kräftig an die Tür. Als darauf keine Antwort erfolgte, steigerte sich seine Sorge zu ausgewachsener Panik. Er stieß die Tür auf und schaute sich in der verwaisten Eingangshalle um. Er warf einen Blick in den angrenzenden Salon, doch es war nichts in Unordnung darin.

Nachdem er seinen Dolch aus der Scheide in seinem Stiefel gezogen hatte, schlich er den Korridor entlang zur Rückseite des Hauses und zur Treppe, die in die Spülküche hinab führte. Er hoffte bei Gott, dass Moss jeden Moment auftauchen würde, doch er fürchtete, ihn und die anderen gefesselt vorzufinden, wie es schon einmal geschehen war. Er betete nur, dass nichts Schlimmeres passiert war.

Das Licht aus der Küche und der angrenzenden Spülküche beleuchtete die Treppe. Achtsam, aber so schnell er konnte, stieg er hinunter, während das Grauen ihm das Blut in den Adern stocken ließ.

Wie erwartet waren die Dienstboten mit den Rücken zueinander, in einem Kreis sitzend gefesselt und geknebelt. Er zählte vier Personen. Drei Diener und wer? Der orangefarbene Turban sagte ihm, dass es sich um Mrs. Harwood handeln musste. Auf der Suche nach Jocelyns goldbraunen Locken blickte er über ihre Köpfe hinweg.

Sie war nicht da.

Wut und Angst brachen über ihn herein, aber er beherrschte sich, um sich zu bücken und den Frauen zuerst die Lappen aus den Mündern zu nehmen. Dann entfernte er Moss den Knebel und machte sich daran, seine Fesseln zu lösen, damit er ihm behilflich sein konnte, die Frauen zu befreien.

»Ach, Gott sei Dank seid Ihr da, Mylord«, brachte Moss hervor und drehte sich, um Daniel einen besseren Zugang zu verschaffen.

Daniel hatte keine Geduld für die Knoten, also benutzte er sein Messer, um sie einfach durchzuschneiden. »Wo ist Jocelyn?«, fragte er in die Runde.

Mrs. Harwood schniefte. »Sie haben sie mitgenommen, Mylord!« Sie brach in einen großen Schluchzer aus, dem ein weiterer folgte.

Nan kümmerte sich darum, die ältere Frau zu trösten.

Eine grimmige Energie erfasste Daniel und machte es ihm außerordentlich schwer, still zu stehen. Er wollte sich bewegen, laufen, Schaden anrichten. »Wissen Sie, wohin? Oder wer sie waren?«

Mrs. Harwood schüttelte den Kopf. «Der Anführer war sehr hochgewachsen mit schmutzig-blondem Haar.« Sie rümpfte die Nase und wischte mit einem Taschentuch darüber. »Und ganz blauen Augen, aber sie waren furchterregend, Mylord.« Sie erschauderte.

Nicky Blue.

Er musste es einfach sein. Die Beschreibung war zu genau, und er war schon einmal hier gewesen. »Moss, war das derselbe Mann, der neulich in das Haus eingedrungen war?«

»Ja, Mylord.« Er wirkte verlegen. »Es tut mir leid.«

»Das ist nicht Ihre Schuld, Moss.«

»Ich kann hier nicht länger bleiben«, schluchzte Mrs. Moss und vergrub das Gesicht am Revers ihres Mannes.

»Natürlich nicht«, sagte Daniel und fand irgendwie die Ruhe, um auf die wohlbegründete Angst der Frau einzugehen. »Moss, nehmen Sie meine Kutsche und bringen Sie alle zu meinem Haus in der Brook Street. Packen Sie ein paar Sachen ein, denn keiner von Ihnen wird heute Abend zurückkehren – oder überhaupt nicht, wenn Sie sich dafür entscheiden. Ich werde eine andere Möglichkeit für Sie alle finden. Tatsächlich könnte ich selbst bald einen Butler brauchen.«

Moss nickte und klopfte seiner Frau auf den Rücken. »Ich danke Euch, Mylord. Eure Güte ist eine wahre Wohltat.«

»Haben Sie eine Ahnung, wohin sie sie gebracht haben könnten?«, fragte Daniel, dessen Bedürfnis, Jocelyn zu finden und Nicky Blue zu bestrafen, alle anderen Erwägungen überschattete.

Moss schüttelte betrübt den Kopf. »Nein, Mylord. Es tut mir sehr leid.«

Daniels Gedanken hatten sich bereits auf die Frage verlegt, wie er sie finden könnte. Er musste Jagger lokalisieren. Im Gehen begriffen hielt er noch einmal inne, als ihn ein Gedanke kam. Wieder drehte er sich um. »Was zum Teufel ist mit dem Polizisten von Bow Street passiert? War dort nicht jemand auf Patrouille?«

»Ich weiß es nicht, Mylord«, antwortete Moss. «Ich

habe ihn vorhin gesehen, aber er hat die Ankunft der Verbrecher wohl nicht bemerkt.«

Verdammte Dilettanten. Er hätte jemanden aus der Queen Street für diese Aufgabe anfordern sollen. »Ich werde meinem Kutscher auftragen, Sie zu erwarten«, sagte er. »Ich werde Jocelyn suchen.«

Mrs. Harwood schnäuzte sich. »Bitte tun Sie das, Mylord. Ich kann nicht ertragen, dass dieser reizenden jungen Frau etwas zustößt.«

Er presste die Lippen zusammen und nickte nur. »Da sind wir uns einig, Mrs. Harwood.«

Sie sah zu ihm auf und hob ihr Kinn. »Und ich habe vor, auf Ihrer Hochzeit zu tanzen!«

Ihre Hochzeit. Angst und Furcht drohten, die Wut zu verdrängen, die seine Gedanken beherrschte, doch er konnte diesen Empfindungen nicht nachgeben. Er musste seine Rage abschütteln, damit er sich auf die Lösung dieses Problems konzentrieren konnte. Jocelyn zählte auf ihn, und noch nie war eine Aufgabe von größerer Bedeutung gewesen. Er zwang sich zu einem Lächeln, das er eigentlich gar nicht fühlte. »Darauf verlasse ich mich.«

Die Dunkelheit brach herein, als Daniel sich in einer Mietdroschke auf den Weg nach St. Giles machte. Er hatte den abwesenden Polizisten der Bow Street ausfindig gemacht, der mit einer Störung in der Park Lane beschäftigt gewesen war, die Nicky Blue sicherlich als Ablenkung inszeniert hatte. Daniel hatte kurz überlegt, ob er die Amtsperson bitten sollte, ihn zu begleiten, doch weiter unten auf der Straße machten ein paar junge Burschen immer noch Ärger.

Die Droschke brachte ihn direkt zum Crystal. Er vermutete, dass Jagger einige Zimmer in diesem Bordell hatte, als einen seiner vielen Wohnsitze. Er hoffte nur, dass der Kriminelle hierher zurückgekehrt war, nachdem er Daniels Stadthaus vorhin verlassen hatte.

Drinnen angekommen, sah Daniel sich sofort nach dem Besitzer um, einem untersetzten, besonders zynischen Kerl, den er ohne große Mühe hinter der Bar stehend entdeckte.

»Gaunt«, rief er.

Der stämmige Mann drehte sich um und sah ihn finster an. «Ich habe Sie neulich hier drin gesehen. Ich dachte, Sie hätten Ihre Karriere als Konstabler an den Nagel gehängt.«

»Wo ist Jagger?«

Gaunt machte ein Spektakel daraus, sich in dem Gemeinschaftsraum umzusehen. »Sehen Sie ihn hier drinnen?« Dann legte sich sein irritierter Blick auf Daniel. »Ich auch nicht.«

Er machte Anstalten, sich herumzudrehen, aber Daniel streckte die Hand über die Theke und zog den Mann an der Schulter zurück. »Welches Zimmer oben? Und lügen Sie nicht. Ich werde jeden Winkel dieser Stätte zu Kleinholz zerlegen, bis ich ihn finde.«

»Das würden Sie, Sie Schnösel.« Er riss sich von Daniel los. »Erster Stock, in der hinteren Ecke von der Haupttreppe entfernt. Er hat Verstärkung.«

Etwas anderes hatte Daniel nicht erwartet. Ohne ein Wort marschierte er die Treppe hinauf, die sich in einer Ecke der Gaststube befand. Auf dem oberen Absatz folgte er einem schmalen Korridor bis zum Ende, wo zwei Männer herumlungerten. Einer saß auf einem Stuhl, doch er sprang auf, während der andere, der gegen die Wand gelehnt stand, kurz aufmerkte, ohne allerdings seinen bequemen Stand aufzugeben.

Daniel nahm beide Männer mit einem angsteinflößenden Blick ins Visier und legte die Hand auf den Türknauf.

»Augenblick mal«, meinte der erste, sitzende Mann und legte dabei eine Hand auf Daniels Unterarm.

Daniel beabsichtigte nicht, sich die Zeit für eine Auseinandersetzung mit den beiden zu nehmen. Er zog seinen Dolch aus dem Stiefel und drückte ihn dem Man unterhalb des Ohres an den Hals. »Mach die verdammte Tür auf.«

Der Mann an der Wand wollte auf Daniel zustürzen, der jedoch mit dem Stiefel ausholte und ihn in der Magengrube traf. Mit einem lauten Zischen entwich dem Angreifer die Luft und er taumelte rückwärts. Daniel drückte seinem Opfer das Messer noch fester an den Nacken. »Ich sagte, *mach die Tür auf.*«

Sein Gefangener gehorchte und drehte sich zur Tür, um sie aufzustoßen. Daniel stieß den Mann in seinen Stuhl zurück und betrat Jaggers Suite. »Stört uns nicht.« Dann knallte er die Tür zu.

Jagger – ohne Hemd und mit einem kleinen Lappen in der Hand, als ob er sich gerade wusch – kam aus einem anderen Zimmer herein, und seine Augen spien Feuer. »Was zum Teufel wollt–«, bei Daniels Anblick verstummte er, »wollen Sie hier?«, beendete er seinen Satz und sein erzürnter Ausdruck schwächte sich zu mildem Ärger ab.

»Wo ist meine Verlobte, Sie räudiger Bastard?«

Jagger warf sich den Lappen über die Schulter und ließ ihn auf seiner bloßen Haut liegen. Er schüttelte den Kopf. »Ich weiß nicht, worüber Sie reden. Ich habe Ihnen gesagt, was Sie tun müssen, um sie zu beschützen.«

»Vor ein paar Stunden! Ich habe seitdem keine Zeit gehabt, auch nur irgendetwas zu unternehmen.«

»Weshalb Sie erkennen müssten, dass ich nichts damit zu tun hatte. Ich würde vermuten, dass Aldridge sie in seiner Gewalt hat, nicht wahr?«

Er konnte der Logik des Mannes nicht widersprechen.

»Nicky Blue hat sie entführt. Ich dachte, er arbeitet für Sie.«

Jagger bestätigte diese Vermutung nicht, aber Daniel hatte das auch nicht von ihm erwartet, zumindest nicht ohne Zwang. »Ich habe nicht gewusst, dass er so eng mit Aldridge bekannt ist.« Er legte die Stirn in tiefe Furchen. »Das ist besorgniserregend.«

Daniel waren die Probleme innerhalb ihrer kriminellen Machenschaften vollkommen schnurz. Seine einzige Sorge galt in diesem Moment Jocelyn. »Wohin würde er sie bringen?«

Jagger fuhr sich mit der Hand durchs Haar. »An beliebig viele Orte.«

Daniels Geduldsfaden wurde immer dünner. »Bitte engen Sie die Auswahl ein bisschen ein. Ich habe nicht viel Zeit. Jaggers Blick fiel auf das Messer, das Daniel noch immer in der Hand hielt. Daniel schüttelte den Kopf. »Bitten Sie mich nicht, es wegzustecken. Ich werde tun, was immer ich muss, um an die Information zu gelangen, die ich brauche.«

»Sehen Sie, wie leicht unsere moralischen Grenzen verzerrt werden können?«

Natürlich wusste er das. Die seinen hatten sich vor langer Zeit schon verbogen. »Ich versuche nicht, mich selbst zu retten. Geben Sie sich Mühe, Ihr eigenes Betragen zu verbessern und helfen Sie mir, sie zu retten.«

Jagger schloss für einen Moment die Augen und als er sie wieder öffnete, blitzte ein Schimmer von Bedauern darin auf, der allerding so schnell wieder verschwunden war, dass Daniel sich fragte, ob er ihn sich nur eingebildet hatte.

»Probieren Sie es mit der Field Lane. Sein bevorzugter Empfänger unterhält dort ein Bordell. Nicky hat dort ein Zimmer und manchmal benutzt er den obersten Stock nach einem Auftrag als Lagerstätte.« Das war die geradlinigste Information, die Daniel je von Leuten wie Jagger erhalten hatte. Angesichts der Resignation im Blick des Mannes, zweifelte Daniel nicht einen Augenblick an ihrer Echtheit.

»Danke.«

Er eilte zur Tür hinaus und sauste den Korridor entlang und die Treppen hinunter, als ob das Gebäude Feuer gefangen hätte. Ein paar Minuten später dirigierte er die Mietkutsche zur Field Lane und konnte nur beten, dass es nicht zu spät war.

～

*J*ocelyn hatte mit allen Mitteln gegen ihren Entführer angekämpft, aber letztendlich hatte sich Nicky Blue als stärker erwiesen. Außerdem hatte er Hilfe. Trotzdem schaffte sie es, dem einen Kerl ein blaues Auge zu verpassen, und sie hatte Nicky Blue fest genug in die Hand gebissen, dass er aufgeheult und ihr einen Moment später eine Ohrfeige verpasst hatte. Ihre Wange brannte noch immer.

An ihrem Stuhl festgebunden, beobachtete sie durch das düstere Fensterchen des kleinen Zimmers, in das sie eingesperrt war, wie der Abend in die Nacht überging. Sie hatten sie in der Dunkelheit sitzen gelassen und nun wurde ihr in den kurzen Ärmeln kühl.

Sie wusste in ihrem Herzen, dass Daniel versuchen würde, sie zu finden. Nicky hatte sie zu überzeugen versucht, dass Daniel hinter der Entführung steckte, aber sie glaubte ihm nicht. Sie vertraute Daniel und wusste zweifelsfrei, dass er kein Schuft war. Darüber hinaus war Aldridge ein erwiesener Lügner, und deshalb konnte sie einfach nichts glauben, was er gesagt hatte. Es war weitaus logischer, dass er der Mann war, der dahinter-steckte.

Doch nichts davon war ihr ein Trost. Noch immer wusste sie nicht, warum sie hier war, oder was sie mit ihr geplant hatten. Und somit zitterte sie vor Kälte und Angst.

Die Tür ging auf und mehrere, mit Lampen ausgerüs-tete Männer traten ein. Sie blinzelte gegen die plötzliche Lichtflut an. Der Anpassung ihrer Augen wegen konnte sie keines der Gesichter erkennen.

»Wie elend Sie endlich aussehen, Miss Renwick. Ich habe schon angefangen, mich zu fragen, ob sie sich über-haupt durch irgendetwas in die Knie zwingen lassen.«

Als sie Lord Aldridges Stimme erkannte, ließ ihre Furcht ihr Rückgrat zu Eis erstarren.

»Ich mag vielleicht schlimm anzusehen sein, Mylord, aber lassen Sie sich davon nicht täuschen«, entgegnet sie mit einem Mut, den sie nicht unbedingt verspürte.

»Sie sind eine außergewöhnliche Frau, das gebe ich zu. Es ist kein Wunder, das Carlyle sich in Sie verliebt hat. Zu schade, dass sich nichts daraus ergeben wird.«

»Sie irren. Daniel wird mich suchen und wir haben vor zu heiraten.«

»Nun, in einem Punkt haben Sie recht. Er sucht sie, aber ich bezweifle, dass er sie haben will, nachdem ich mit Ihnen fertig bin.« Seine Worte jagten ihr eine heftige Angst ein, die sich wie ein Pfahl in ihr Herz bohrte.

Ihre Augen waren nun an das Licht gewöhnt und sie konnte vier Männer erkennen, die noch immer ihre Lampen hielten und direkt an der Tür standen. Aldridge zog einen Stuhl heran und setzte sich dicht vor sie.

»Dies wird passieren«, sagte er und sein Tonfall war so herablassend wie immer. »Sie werden Carlyle sagen, dass Sie mich bestohlen und die Sachen für Geld verkauft haben. Sie werden ihm auch sagen, dass Sie sich alles, was

Sie über mich gesagt haben, ausgedacht haben, um mich in seinen Augen herabzuwürdigen.«

Jocelyn starrte ihn an – er war nicht bei Trost. »Er wird mir nicht glauben. Ich habe keinen Grund, Sie zu bestehlen oder zu widerrufen, was ich ihm erzählt habe, und das weiß er. Er ist ein überragender Ermittler oder wussten Sie das nicht? Denn wenn Sie es wüssten, hätten Sie sich bei dieser ganzen Sache wahrscheinlich klüger benommen.«

Aldridge wurde blass und sein Mund verkrampfte sich vor Zorn. »Ihre Zunge wird Sie eines Tages in ernste Schwierigkeiten bringen, junge Frau. Seien Sie auf der Hut, damit dieser Tag nicht der heutige ist.« Er beugte sich vor und bleckte die Zähne. Als er weitersprach, betonte er die Worte so kraftvoll, dass Speicheltröpfchen aus seinem Mund flogen. »Sie haben praktisch alles ruiniert, Sie kleines Miststück, aber ich habe zu vermeiden versucht, Sie umzubringen. Ich habe insbesondere zu vermeiden versucht, Carlyle umzubringen. Es ist eine Sauerei, einen Viscount zu erledigen. Aber ich werde ihn umbringen – und Sie –, wenn Sie ihn nicht dazu bringen, mich für unschuldig zu halten. Ich habe vor, zu gestehen, dass ich Ihre Wertgegenstände von einem Hehler erworben habe, aber ich werde so voller Reue sein, dass sogar Carlyle mich gehen lassen wird.«

Sie gaffte ihn an. »Sie sind verrückt. Sie können nicht weitermachen. Daniel wird das nicht zulassen. Er kennt Ihre Masche und weiß, wie Sie Verbrecher wie Nicky Blue informieren, welches Stadthaus er bestehlen soll und wann. Und Sie tun es, um spezifische Objekte in ihren Besitz zu bringen, manchmal sogar von Leuten, die Sie Freunde nennen.« Nicky Blue hatte ihr alles auf der Kutschfahrt von ihrem Stadthaus vorhin erklärt. Ihr war das Herz bei dem Verrat in seiner Stimme gebrochen.

»Daniel wird nie glauben, dass Sie die gestohlenen Objekte nur erworben haben.«

»Dann werden Sie beide unglücklicherweise sterben.«

»Schaut mal, wen ich gefunden habe!« Nicky Blue drängte in das Zimmer, gefolgt von zwei Männern, die den wehrhaften Daniel zwischen ihnen festhielten.

Instinktiv versuchte Jocelyn, von ihrem Stuhl aufzuspringen, doch ihre Fesseln hielten sie zurück.

»Lass sie gehen, Hurensohn«, knurrte Daniel.

Aldridge hatte mit dem Rücken zur Tür gesessen, doch er stand auf und blickte Daniel an. Falls Daniel von der Anwesenheit des Earls überrascht war, so zeigte er das nicht. Seine Miene war boshaft. Bei der Tiefe des Zorns in seinen Augen erschauderte Jocelyn.

Aldridge räusperte sich. »Carlyle, es tut mir leid, dass es dazu kommen musste. Ich habe versucht, euer beider Leben zu retten – ich bin kein Mörder – aber ich fürchte, Sie haben dies recht schwierig gemacht. Jetzt, da Sie wissen, wie die Masche funktioniert, kann Ihnen nicht gestattet werden, sie aufzudecken.«

»Sagen Sie mir einfach nur, warum«, meinte Daniel, dem der Zorn in den Augen loderte. »Sie haben Vermögen, eine gute Position, eine Frau, die Sie liebt. Warum suchen Sie Zuflucht im Diebstahl?«

Aldridge trat einen Schritt auf Daniel zu. »Ich habe eine junge Frau, die schöne Dinge mag, und ich habe nicht die Mittel, sie zufriedenzustellen. Es gibt bestimmte Dinge, die eine Komtess erwartet, und ihr Ehemann muss sie für sie beschaffen. Ich erwarte von jemandem wie Ihnen nicht, dass er das versteht.« Er legte den Kopf schief. »Ich vermute nicht, dass ich Sie einfach bitten könnte, in die andere Richtung zu schauen? Wenn ich Ihnen vielleicht einen anderen Verbrecher, sagen wir Nicky Blue hier, ausliefere? Das ist Ihre bevorzugte

Herangehensweise bei dieser Art von Geschäften, nicht wahr?«

Daniel stürzte vor, aber Nicky Blue war schneller. Der Verbrecher stellte sich vor den Earl. Sie waren gleich groß, aber der Earl war kräftiger mit breiteren Schultern und einer dickeren Taille. »Das werden Sie nicht tun, Mylord.«

»Zählen Sie die Männer hier.« Aldridge deutete mit einem Nicken auf die vier Männer mit den Lampen. »Meine sind in der Überzahl.«

»*Ihre?*«, fragte Nicky ungläubig. »Für wen, glauben Sie, arbeiten diese Kerle? Nicht für mich. Nicht für Sie. Sie arbeiten für Gin Jimmy. Und Gin Jimmy hat ihnen bereits ihre Anweisungen gegeben.«

Jocelyn konnte Aldridges Gesicht nicht erkennen, aber sie spürte, wie sich die Energie im Zimmer verschob. Ihr Blick schweifte zu Daniel, der angefangen hatte, sich sogar noch heftiger gegen seine Widersacher zur Wehr zu setzen.

»Nein«, rief Daniel aus. »Macht es nicht.«

»Ich habe meine Befehle«, meinte Nicky mit mehr als nur einem Anflug von Heiterkeit. Er zog einen Dolch aus seinem Gehrock. Der vertraute Schaft in Form eines Drachens blitzte im Lampenlicht. Er bedachte Aldridge mit einem Blick äußerster Bedrohung. »Legen Sie Ihren Frack ab.«

»Tun Sie es nicht«, flehte Aldridge schwach. »Ich kann alles in Ordnung bringen.«

Nicky winkte mit dem Messer von seinen Männern zu Aldridge. Die Männer zerrten an Aldridges Ärmeln. Obwohl er sich gegen sie zur Wehr zu setzen versuchte, zogen die Männer ihm das Kleidungsstück aus und hielten ihn dann an den Armen fest.

Nicky trat näher zu ihm. »Sie haben es versucht und sind gescheitert.« Er hob die Hand und langsam bohrte er das Messer immer tiefer in Aldridges Seite. Der Earl keuchte auf und seine Hände verkrampften sich. »Sehen Sie, es tut gar nicht so weh, nicht wahr?« Er drehte die Klinge und dann zog er sie heraus. »Nun, setzen Sie sich doch. Es wird bald vorbei sein.«

Die beiden Männer ließen Aldridges Arme los und Nicky führte ihn zu dem Stuhl zurück, sodass er wieder vor Jocelyn saß.

Sie starrte ihn entsetzt an, als alle Farbe aus seinem Gesicht wich. Blut verteilte sich auf seiner Weste und floss an seiner Seite über die Stuhlkante herunter, um von dort aus auf den Boden zu tropfen. Sie gab ein schluchzendes Geräusch von sich, aber sie konnte sich scheinbar nicht dazu bringen, die Augen schließen. »Helft ihm«, sagte sie, doch die Worte klangen weit entfernt, als ob ein anderer sie ausgesprochen hätte.

»Du Scheißkerl«, gellte Daniel.

Die Augen des Earls richteten sich auf sie. »Es tut mir leid«, murmelte er. Dann erschlaffte sein Mund und er sackte im Stuhl zusammen. Sein Blick wurde unstet und seine Lider sanken herab, doch sie fielen nicht zu. Dann war er still.

Das Blut floss weiterhin aus seiner Wunde. Es fing an, sich auf dem Fußboden zu verteilen, und kroch wie lebendig auf sie zu.

Sie versuchte, ihren Stuhl zurückzustoßen, doch er wackelte nur und sie fürchtete, dass er kippen könnte.

»Du kranker Hurensohn«, knurrte Daniel.

Nicky schnippte mit den Fingern und zwei der Männer setzten ihre Lampen ab. Sie kamen heran und zerrten Aldridge auf eine Seite des Zimmers. Dann führten die beiden Männer, die Daniel festhielten, ihn auf den blutigen Stuhl zu, doch er kämpfte mit aller Kraft, die er aufbringen konnte, gegen sie an.

»Ein bisschen Hilfe«, meinte Nicky und die beiden Männer, die Aldridge fortgeschleift hatten, kehrten zurück. »Carlyle braucht ein bisschen Überzeugung.«

Plötzlich fühlte Jocelyn eine kalte Klinge an ihrem Hals und Daniel hielt sofort inne. Die Männer setzten ihn auf den Stuhl. Sie konnte sein geliebtes Gesicht so nahe sehen.

»Sie sind an der Reihe«, kündigte Nicky Blue an, während er das Blut von seinem Dolch an Aldridges abgelegtem Frack abwischte. »Ich freue mich seit langer Zeit darauf. Seit Sie mich hinter Gitter gebracht haben.«

Jocelyn schüttelte den Kopf, als das Entsetzen ihre Glieder zu Eis erstarren ließ. »Nein. Bitte. Nein.«

Die Männer zogen Daniel den Frack aus. Er behielt den Blick mit ihrem verbunden. »Es ist in Ordnung, Liebling.« Seine Stimme war beschwichtigend und ruhig, doch das hielt das blanke Entsetzen nicht auf, das jeden Teil von ihr erfasste. »Ich liebe dich.«

Tränen füllten ihre Augen und sie konnte nicht tief genug Luft holen, um ihre Lungen zu füllen. »Ich liebe dich auch.«

Er ließ sie nicht aus den Augen, doch seine Stimme nahm einen boshaften Tonfall an. »Nicky, wenn ihr irgendetwas zustößt, werde ich eine Möglichkeit finden, um Sie zu vernichten.«

Nicky lachte und dann kam er auf sie zu.

Jocelyn konnte nicht ertragen, Daniel sterben zu sehen. Sie presste die Augen zu und betete, dass ein Wunder geschähe.

KAPITEL 13

aniel spannte sich an. Er war froh, dass Jocelyn die Augen geschlossen hatte. Es war schlimm genug, dass sie dort hatte sitzen müssen, um mitanzusehen, wie das Leben aus Aldridge gewichen war, aber sie zu zwingen, seine Ermordung mitanzusehen … Wenn nicht ein Dolch an ihrem Hals gelegen hätte, würde er jedem Einzelnen von ihnen mit seinen bloßen Händen den Garaus machen.

»Um Himmels willen, Nicky, hör sofort auf!«

Jaggers donnernde Stimme dröhnte durch das Zimmer. Jocelyn riss die Augen auf. Daniel wollte sich vergewissern, ob Jagger allein war, doch er konnte sich nicht von Jocelyn abwenden.

Er fühlte die Spitze von Nickys Messer an seiner Seite und dann war sie fort. Nicky war zurückgerissen und rasch entwaffnet worden, und nun wurde er von den beiden Männer gehalten, die Daniel gehalten hatten.

Jagger trat vor und warf Daniel einen finsteren Blick zu. »Binden Sie sie los.«

Daniel brauchte keine weitere Aufforderung. Schnell

befreite er sie von ihren Fesseln auf dem Stuhl und im Nu war sie in seinen Armen und klammerte sich an seinen Nacken. Er hielt sie fest an sich gedrückt und versuchte, all ihren Schrecken und ihre Furcht aufzunehmen.

Jagger richtete das Wort an Nicky. »Was für eine unglaubliche Sauerei. Was zum Teufel hast du dir dabei gedacht, sie hierher zu bringen? Du solltest dich um Aldridge kümmern. Ende des Auftrags.«

Nicky, der seine Situation auslotete, ließ seine Blicke blitzschnell von einer Seite zur anderen schweifen. Es hatte den Anschein, dass niemand vortrat, um ihm zu helfen. »Sie hat mein Messer gefunden. Ich kann nicht gebrauchen, dass sie mich mit irgendetwas hier in Verbindung bringt. Insbesondere nicht, wenn sie mit diesem Hurensohn unter einer Decke steckt.« Er zeigte mit dem Daumen auf Daniel.

»Diese Entscheidungen liegen über deiner Befugnis.« Jagger sprach zu ihm wie zu einem Kind. »Du tust, was dir gesagt wird und sonst nichts. Aber andererseits bist du in erster Linie auch deshalb im Gefängnis gelandet, wenn meine Erinnerung mich nicht täuscht. Immer bist du dir selbst voraus und denkst über deine Stellung hinaus.«

Nicky presste die Lippen zusammen und seine Augen wurden zu Schlitzen.

Jagger klopfte Nicky den Staub von der Schulter. »Ich fürchte, das hast du zum letzten Mal getan.« Er warf den Männern, die ihn festhielten, einen Blick zu. »Ihr wisst, was ihr zu tun habt.«

»Nein!« Nicky begann, gegen seine Häscher anzukämpfen. Wie das Blatt sich gewendet hatte. Und Daniel konnte nicht eine Unze Mitgefühl aufbringen. Nicht, nachdem er Jocelyn gezwungen hatte, so etwas mitanzusehen.

Er schrie und strampelte, als sie ihn aus dem Zimmer

zerrten. Mit einem grimmigen Zug um den Mund, drehte sich Jagger zu Daniel und Jocelyn. Dann schwang er wieder zu den übrigen Helfershelfern zurück. »Warum steht ihr hier? Geht und helft ihnen.«

Wie die Ratten vor einem Feuer, flohen sie aus dem Zimmer.

»Ich bedaure all dies«, entschuldigte Jagger sich ruhig. Er blickte sie nicht an und seine Stimme hatte einen düsteren, entmutigten Klang. Daniel fragte sich, was hier vor sich ging.

Dann drehte der Verbrecher sich um und straffte die Schultern. »Was Sie als Nächstes unternehmen, ist sehr wichtig.«

Endlich entspannte Jocelyn sich in Daniels Armen und legte den Kopf an seine Brust. Sie ließ die Arme von seinem Nacken zu seiner Taille rutschen, die sie umfing und ihn festhielt, als ob ihr Leben davon abhinge. Daniel beäugte Jagger skeptisch. »Was sollte ich als Nächstes tun?«

»Absolut nichts.«

»Verzeihung?«

Jagger verschränkte die Hände hinter seinem Rücken, als ob er einen Vortrag halten wollte. »Nachdem Sie hier hinausgegangen sind, führen Sie ihr Leben weiter. Heiraten Sie. Leben Sie glücklich bis an Ihr Lebensende. Vergessen Sie, was Sie über Aldridge wussten – er hat für seine Verbrechen bezahlt, meinen Sie nicht?«

Mehr als das, doch damit wurde es nicht richtiger. »Das kann ich nicht tun.«

Jaggers Blick wurde schmal. »Seien Sie kein Dummkopf. Natürlich können Sie das. Ich bitte Sie ja nicht, ein Verbrechen zu ignorieren. Der Diebesring – bestehend aus Aldridge und Nicky Blue –, den Sie aufgedeckt haben, ist Vergangenheit.« Wie zur Unterstreichung seiner Behauptung waren Schreie aus dem angrenzenden Zimmer zu hören, auf die plötzlich Stille folgte. Jocelyn erschauderte in seinen Armen und packte ihn noch fester um die Taille.

Dagegen konnte Daniel nichts einwenden. Doch es verblüffte ihn, dass Jagger sie nicht umbrachte. »Warum lassen Sie uns gehen?«

Er zog eine Augenbraue hoch. »Weil ich das kann.«

Daniel fürchtete zu wissen, wie diese Art von Arrangement funktionierte. Jagger rettete ihm das Leben und eines Tages würde er eine Gegenleistung fordern. »Sie werden in Zukunft etwas von mir wollen.«

Jagger zuckte mit den Schultern. »Abgesehen davon, meinen Namen aus dieser ganzen Sache herauszuhalten? Vielleicht.«

Jocelyn sah Jagger an und dann blickte sie zu Daniel auf. »Können wir gehen?«

»Draußen wartet eine Droschke auf Sie«, meinte Jagger.

Daniel nickte und dann drehte er sich mit Jocelyn zum Gehen um. Auf halbem Wege zur Tür hielt er inne und blickte zu Jagger zurück. »Es ist noch nicht zu spät für Sie, einen anderen Weg einzuschlagen.«

Jagger antwortete ihm mit einem kleinen, dunklen Lächeln. »Das ist es, fürchte ich.«

Vielleicht. Dennoch würde er nicht vergessen, was dieser Kriminelle für sie getan hatte. Er führte Jocelyn aus dem Bordell und in die wartende Droschke, wobei er dem Kutscher beim Einsteigen die Adresse zurief.

Im Inneren der Kutsche schmiegte sie sich an ihn. »Lass mich bitte niemals los.«

Er streifte mit den Lippen über ihren Kopf. »Niemals.«

Als die Kutsche sich in Bewegung setzte, zog sie sich von ihm zurück, um zu ihm aufzusehen. »Wie geht es Gertrude?«

»Sie ist erschüttert, aber ich denke, sie wird sich von dem Schreck erholen.« Er gestattete sich ein Lächeln, als er sich an Mrs. Harwoods Stimmung von vorhin erinnerte. Ihre Tapferkeit war inspirierend. »Sie freut sich darauf, auf unserer Hochzeit zu tanzen.«

Sie breitete die Hand über seine Brust. »Müssen wir wirklich das Aufgebot abwarten? Nach heute Abend möchte ich wirklich nicht mehr ohne dich sein.«

Ihm wurde eng ums Herz. Auch er wollte nicht mehr ohne sie sein, und er war sich nicht sicher, ob er das überhaupt könnte. »Dann werde ich um eine Sondergenehmigung ersuchen und wir können sofort getraut werden. Du wirst heute Abend ohnehin in meinem Stadthaus bleiben müssen. Mrs. Harwood und alle Dienstboten sind dort. Die arme Mrs. Moss wird nie wieder in die Hertford Street zurückkehren.«

Sie legte den Kopf wieder an seine Brust. »Ich kann nicht sagen, dass ich ihr deshalb Vorwürfe machen könnte. Ich will auch nicht mehr dorthin zurückkehren.«

Sie wurden still. Er streichelte ihr den Rücken und endlich kam ihr Atem zur Ruhe.

»Was wird mit Aldridge geschehen?«, fragte sie. »Ich meine, mit seinem Leichnam?«

Daniel war nur zu vertraut damit, wie diese Art von Exekutionen abliefen. Man würde seinen abgelegten Leichnam irgendwo weit entfernt von hier finden, wenn er überhaupt gefunden würde. Gin Jimmys Bande könnte sich entschließen, ihn in der Themse zu versenken, insbesondere, da er ein Earl war. Aber Daniel dachte eher, dass Jagger für die Entdeckung des Körpers sorgen würde. Auf diese Weise würden Daniel und Jocelyn seinen Tod nicht geheim halten müssen. »Er wird irgendwo auftauchen.«

»Das wird ein Schock für die feine Gesellschaft werden.«

»Dessen bin ich sicher.«

Wieder schüttelte sie, an ihn gelehnt, mit dem Kopf. »Lady Aldridge wird am Boden zerstört sein.«

Ihre Sorge um die Frau des Mannes war rührend. Es erinnerte ihn daran, wie sehr er sie liebte. Er hob ihr Kinn und küsste sie zärtlich. »Ich liebe dich«, raunte er an ihrem Mund.

Sie erwiderte seinen Kuss. »Ich liebe dich auch. Wenn ich daran denke, wie nah dran ich war, dich zu verlieren –« Ihr Atemzug endete in einem Schluchzen.

»Schhhh.« Wieder küsste er sie, womit er ihr allen Schmerz nehmen wollte, und er wünschte sich, sie könnte die letzten Stunden vergessen. »Das hast du nicht. Und ich habe dich nicht verloren.«

Sie erschauderte in seinen Armen und zog sich zurück. »Ich bin sehr froh, dass du kein Konstabler mehr bist. Ich hätte darauf bestehen müssen, dass du den Dienst quittierst.«

Nie hatte er sich ein Leben außerhalb des Magistratsbüros vorstellen können, doch jetzt konnte er sich nicht vorstellen, je wieder dorthin zurückzukehren. Mit der Erbschaft der Vizegrafschaft hatte sein Weg sich verändert, doch durch seine Liebe zu Jocelyn hatte er sich für immer gewandelt. Jetzt sah er nur noch eine Zukunft mit ihr. Mit ihren Kindern. Mit ihrer Liebe, die sie umgab.

Er liebkoste ihre Wange. »Ich würde alles für dich tun.«

Sie schmiegte sich an seine Hand. »Liebe mich einfach.«

»Das tue ich.«

EPILOG

September 1818, London

Nachdem er seinem Kammerdiener gestattet hatte, letzte Hand an seine Krawatte anzulegen, kehrte Daniel mit der Absicht in das Schlafzimmer zurück, das er mit seiner wunderschönen Frau teilte, ihr einen Abschiedskuss zu geben, ehe er zu einem Termin im Innenministerium aufbrechen würde. Doch als er eintrat, blieb er bei Jocelyns Anblick ruckartig stehen, die im Bett saß, das Haar noch vom Schlaf zerzaust, die Lippen leicht geteilt, und Zeitung las. Vielleicht hatte er ein kleines bisschen Zeit …

Sie hob den Kopf und lächelte bei seinem Anblick. »Da bist du ja. Bereit für deinen Termin wie ich sehe.« Sie ließ den Blick provokativ über ihn hinwegschweifen. Welch ein Jammer. Plötzlich gab er keinen Pfifferling mehr darauf, ob er sich verspätete. Er bewegte sich auf das Bett zu.

Sie raschelte mit der Zeitung in der Hand. »Ich habe

gerade über Lord Lockwood gelesen – du weißt schon, dieser Viscount, der die sündhaften Feste ausrichtet?«

Und jetzt redete sie über sündhaft? Guter Gott, er würde es nie zu dem Termin schaffen. Er setzte sich auf die Bettkante und beugte sich hinüber, um ihr einen Kuss auf die Schulter zu drücken, die von ihrem Nachthemd enthüllt war, das ein bisschen schief hing. »Soso«, meinte er, während er weit mehr von der Wärme ihrer Haut und dem betörenden Apfelduft vereinnahmt war als von dem verdammten Lockwood.

»Nun«, meinte sie und klang frustrierend unbeeindruckt von seinen Avancen, »es scheint, dass Lady Margaret verkündet hat, sein unehelicher Bruder sei nach London gekommen.«

Das reichte, um Daniel aufzurütteln, und er setzte sich aufrecht. Er drehte die Zeitung so, dass er den Artikel lesen konnte.

Lady Margaret hat erklärt, dass Mr. Ethan Locke der uneheliche Bruder von Lord Lockwood ist. Anders als sein verrufener, adliger Bruder, ist Mr. Locke sowohl charmant als auch elegant. Er gilt bereits als Liebling unter den Damen.

Verdammt sollte er sein.

Ehe Daniel einen weiteren Gedanken an diese überraschende Entdeckung verschwenden konnte, wanderte Jocelyn mit ihren Lippen an seinem Kiefer entlang und dann knabberte sie an seinem Ohrläppchen. »Mmm, du riechst so gut«, meinte sie und sog die Luft tief ein. »Musst du schon gehen?«

Das Innenministerium hatte das Treffen anberaumt. Es schien wahrscheinlich, dass sie Daniel einen Posten anbieten wollten, wobei er sich allerdings nicht sicher war, ob er ihn wollte. Er war sehr glücklich im Augenblick mit seiner frisch angetrauten Frau und ihrem gemeinsamen Leben. »Es handelt sich leider um eine wichtige Angelegenheit.«

Dennoch konnte er nicht widerstehen, ihre Wangen zwischen seine Hände zu nehmen und sie besinnungslos zu küssen. Sie schmeckte nach Schokolade, die sie morgens meistens trank, und nach Begierde. Bedauerlicherweise blieb ihm keine Zeit, die Sache weiterzutreiben. Einige Augenblicke später zog er sich zurück.

Sie seufzte an seinem Mund. »Ich hatte geplant, Lady Aldridge später aufzusuchen.«

Er streichelte mit dem Daumen über ihr Kinn. »Das ist sehr gütig von dir.«

Sie warf die Zeitung beiseite. »Nicht so gütig wie du, als du der Obrigkeit erzählt hast, das Aldridge uns hat gehen lassen.«

Der Leichnam des Earls war am Tag nach seiner Ermordung aufgefunden worden, aber Daniel hatte bereits von Jocelyns Entführung, Aldridges Verbrechen und seinem Versuch, sie zu retten berichtet. Um Jagger aus der Geschichte herauszuhalten, hatte Daniel den Ermittlern in Bow Street auch erzählt, dass Aldridge sie hatte gehen lassen. Er dachte sich, dass es Lady Aldridge ein Trost sein musste, zu erfahren, dass ihr Ehemann vor seinem Tod einen Akt der Mildtätigkeit ausgeübt hatte. Was allerdings bedeutete, dass Aldridges Ermordung ungelöst blieb.

Die Entscheidung, Jagger zu schützen, war nicht leicht gewesen, aber Daniels Instinkt sagte ihm, dass es richtig gewesen war. Ohne die Hilfe des Verbrechers wären Jocelyn und er jetzt ebenso tot wie Aldridge. Daniel hoffte, sich zu irren, doch nachdem er diesen Zeitungsartikel gelesen hatte, würde er wachsam sein müssen.

Daniel hob das Kinn seiner Ehefrau ein wenig an und und

küsste sie zärtlich auf den Mund. »Ich sollte gehen. Bitte richte Lady Aldridge meine besten Wünsche aus.«

»Natürlich.« Sie glitt mit den Händen unter seinen Frack und umfing seine Taille. »Gibt es irgendeine Möglichkeit, dich zum Bleiben zu überreden?« Kokett lächelte sie zu ihm auf und leckte ihm oberhalb seiner plötzlich zu eng gewordenen Krawatte über den Hals.

Er unterdrückte ein Stöhnen. »Ungefähr eintausend. Versprich mir, dass du sie alle für später aufbewahrst.«

Sie glitt mit den Händen über seine Hüften und streichelte ihn am Schritt. Sein Schaft, der sich bereits regte, zuckte nun in seiner Unterwäsche. Dies würde ein sehr langes Treffen werden.

Ihre haselnussbraunen Augen glitzerten im Morgenlicht, das durch eine kleinen Spalt durch die Vorhänge fiel. »Du hast mein heiliges Versprechen, dass ich dich fast zu Tode vernaschen werde.«

Grinsend blickte er auf sie hinab. »Ich kann mir keine bessere Tortur vorstellen. Wenn du mir jetzt deinen Mund darbietest, damit ich probieren kann, was du für mich auf Lager hast.«

Sie küsste ihn mit leidenschaftlicher, sündhafter Absicht. Ja, es würde bestimmt ein langes Treffen werden.

Verpassen Sie nicht das nächste Buch in der Serie *Ruchlose Geheimnisse und Skandale*, Die Schöne und der Halunke mit dem geheimnisvollen und skandalösen Lord Lockwood und Lady Lydia Prewitt!

Ich danke Ihnen sehr, dass Sie **Verliebt in eine Diebin** gelesen haben. Ich hoffe, es hat Ihnen gefallen!

Möchten Sie erfahren, wann mein nächstes Buch

verfügbar ist? Sie können sich für meinen Deutscher
Newsletter anmelden, mir auf Amazon.de folgen und
meine Facebook-Seite liken.

Rezensionen helfen anderen, Bücher zu finden, die für sie
geeignet sind. Ich schätze alle Bewertungen, ob positiv
oder negativ. Ich hoffe, dass Sie erwägen werden, eine
Bewertung bei Ihrem bevorzugten der Seite Ihres
bevorzugten Internet-Netzwerkes abzugeben.

Ich mag meine Leser so sehr. Danke!

**Sind Sie an weiterer Regency-Romantik interessiert?
Schauen Sie sich meine anderen historischen Serien an:**

Die Unberührbaren
Geraten Sie ins Schwärmen über zwölf der begehrtesten
und schwer fassbaren Junggesellen der feinen Gesellschaft
und die Blaustrümpfe, Mauerblümchen und
Außenseiterinnen, die sie in die Knie zwingen!

Die Unberührbaren: Die Prätendenten
In der faszinierenden Welt der Unberührbaren spielend,
handelt die Saga von einem Geschwistertrio, die sich darin
auszeichnen, sich als jemand auszugeben, der sie nicht
sind. Werden ein unerschrockene Bow Street Ermittler,
ein niedergeschmetterter Viscount und eine
desillusionierte Dame der feinen Gesellschaft es schaffen,
ihre Geheimnisse zu lüften?

Die Liebe ist überall
Herzerwärmende Nacherzählungen klassischer
Weihnachtsgeschichten im Regency-Stil, die in einem

gemütlichen Dorf spielen und von drei Geschwistern und dem besten Geschenk von allen handeln: der Liebe.

Der Club der verruchten Herzöge

Sechs Bücher, geschrieben von meiner besten Freundin, der New York Times Bestseller-Autorin Erica Ridley, und mir. Lernen Sie die unvergesslichen Männer von Londons berüchtigtster Taverne, dem Verruchten Herzog, kennen. Verführerisch attraktiv, mit Charme und Witz im Überfluss, wird eine Nacht mit diesen Wüstlingen und Filous nie genug sein ...

Legendäre Abenteurer

Fünf unerschrockene Heldinnen und abenteuerlustige Helden auf dem Weg zu spannenden Abenteuern in den schottischen Highlands, England und Wales!

Ihr ruchloses Temperament

Sein ruchloses Herz

Die Verführung des Halunken

Verliebt in einen Diebin

Die Schöne und der Halunke

Die Liebe ist überall

(eine Regency Weihnachtstrilogie)

Der Earl mit dem flammendroten Haar

Das Geschenk des Marquess

Eine Freude für den Herzog

Der Club der verruchten Herzöge

Eine Nacht zum Verführen by Erica Ridley

Eine Nacht der Hingabe by Darcy Burke

Eine Nacht aus Leidenschaft by Erica Ridley

Eine Nacht des Skandals by Darcy Burke

Eine Nacht zum Erinnern by Erica Ridley

Eine Nacht der Versuchung by Darcy Burke

ÜBER DIE AUTORIN

Darcy Burke ist die USA Today Bestsellerautorin für sexy, emotionale, historische und zeitgenössische Romantik. Darcy schrieb ihr erstes Buch im Alter von 11 Jahren – mit einem Happy End – über einen männlichen Schwan, der von der Magie abhängig war, und einen weiblichen Schwan, der ihn liebte, mit nicht sehr gelungenen Illustrationen. Schließen Sie sich ihr an newsletter!

Darcy, die in Oregon an der Westküste der Vereinigten Staaten geboren wurde, lebt am Rande des Wine Country mit ihrem auf der Gitarre spielenden Ehemann und ihren beiden ausgelassenen Kindern, die das Schreiben geerbt zu haben scheinen. Sie sind eine nach Katzen verrückte Familie mit zwei bengalischen Katzen, einer kleinen, familienfreundlichen Katze, die nach einer Frucht benannt ist, und einer älteren, geretteten Maine Coon, die der Meister der Kühle und der fünf-Uhr-morgens-Serenade ist. In ihrer ›Freizeit‹ ist Darcy eine regelmäßige ehrenamtliche Mitarbeiterin, die in einem 12-stufigen Programm eingeschrieben ist, in dem man lernt, ›Nein‹ zu sagen, aber sie muss immer wieder von vorne anfangen. Ihre Lieblingsplätze sind Disneyland und das Labor Day Wochenende in The Gorge. Besuchen Sie Darcy online unter https://www.darcyburke.net.

facebook.com/darcyburkefans

twitter.com/darcyburke

instagram.com/darcyburkeauthor

pinterest.com/darcyburkewrites

goodreads.com/darcyburke